ここはボツコニアン　3

二軍三国志

宮部みゆき

集英社文庫

使用上のご注意
（作者からのお願い）

- 本作品は、確実にこの世界ではない世界を舞台にしていますが、ほぼ確実に正統派のハイ・ファンタジーにはなりません。ご了承ください。
- テレビゲームがお好きでない方にはお勧めできないかもしれません。ご了承ください。
- テレビゲームがお好きな方には副作用（動悸、悪心、目眩、発作的憤激等）が発症する場合があるかもしれません。ご了承ください。
- 本体を水に濡らさないでください。
- 電源は必要ありません。但し、暗い場所では灯火を点けることをお勧めいたします。
- プレイ時間１時間ごとに、10〜15分程度の休憩をとる必要はありません。
- 作者がクビになった場合、強制終了する恐れがあります。その際は、全てなかったことにしてお忘れください(泣)。
- 本作の挿絵画家は少年ジャンプ+の若手コミック作家なので、あるとき突然ブレイクして超多忙になり、こんな挿絵なんか描いてらんねェよモードに入ってしまう可能性があります。その場合は少年ジャンプ+をお楽しみください。
- セーブする際はページの右肩を折ってください。本体を折り曲げるのは危険です。
- 本作は完全なフィクションです。あまり深くお考えにならないことをお勧めいたします。

目次

ピノ

〈伝説の長靴の戦士〉に選ばれた12歳の少年。
ピピとは〈双極の双子〉。
ちなみにピノが弟。

［双極の双子とは］モルブディア王国のエネルギー源である魔法石が秘めている二種類の力――解放する〈正〉の力と破壊する〈負〉の力――を持っている双子のこと。一方が正の、もう一方が負の力を持つため、一緒にいると力が引き合ったり反発し合ったりして、大変なことになる。

目玉焼き戦士の専用武器
王様からもらった長靴の
戦士専用装備。
別名サニーサイドアップ。
つまりはフライ返し。

ベスト
怪物を食べた
わらわらが吐いた
糸でできた青たん色のベスト。
着心地抜群。いくつかの
潜在能力が隠されているらしい。

リュックサック
ピノのリュックには
腹巻きが入っている。

回廊図書館の鍵
エリアボスを倒すと鍵が
ひとつ手に入る（らしい）。
入手できたのはまだひとつ。

DATA
◉特徴：眠たがり屋
だが、運動神経がよく
すばしっこい。
くちぐせは「根本的」。
くちは悪いが姉さん想いの
優しい一面も。愛読書は
「少年ジャンプ」（ピピも！）。
くれるというものは
もらうのが信条。
◉弱点：気が散りやすい。
お腹の冷え。
◉特殊技：ジャンピング
料理術
（ただし目玉焼きのみ）。

長靴
モルブディア王国では、12歳の誕生日を迎えた子供の枕元に
ゴム長靴が現れるというしょぼい奇跡があるのだが、
その長靴が〈当たり〉だと、〈選ばれし者〉として冒険に旅立たねば
ならない。これを履いていると、ボッコニアンの真実が
見えてくるらしい。ピノは黒いゴム長。

登場人物紹介
CHARACTERS

「ボッコニアン」の世界

ボッコニアンとは〈ボッネタ〉（＊主にテレビゲームネタ）が集まり積み重なって成り立っている世界。そんなできそこないの世界をより良い世界にするため、〈伝説の長靴の戦士〉として選ばれたのが双子の主人公ピノとピピ（以下、ピノピ）。長靴の戦士の使命は、冒険と戦いの旅の中で、回廊図書館の6つの鍵を集め、6冊の『伝道の書』を見つけること。そうすると魔王の居城への道が開かれるという。まだまだ旅は続く。がんばれピノピ！

ピピ

ピノの双子の姉。
わらわら（イモムシ的な生き物）
の使役魔法を特訓中。

DATA
◉特徴：強気だけど素直。
声がデカい。ついでに顔も
デカくて、お月様のような
丸顔にまん丸ほっぺ。
人生の黄金律は
「下着は毎日取り替える」。
好きなものは毛皮。
◉弱点：わらわら。読書。
◉特殊技：わらわらの使役魔法
冷凍光線発動魔法。

耳わっか飾り（イヤー・カフ）
トリセツとの交信機。

ペンダント
双極のエネルギーを中和する。
ペンダントをはずして、
ピノとピピが手をつなぐと
究極の力が！

赤いゴム長

利用者カード
魔王の図書館に
出入りするために
必要なカード。

魔法の杖
王様からもらった
長靴の戦士専用装備。
わらわらの糸を使った
尾行モードから糸電話モード、
着ぐるみを作ったり
冷凍光線を発動したり
使い勝手アップ中。

トリセツ

世界の取扱説明書。
小さな子供がお絵かきで描いたような黄色い花の植木鉢だけど、それは仮初めの姿らしい。
精霊より上等（トリセツ談）。
ボツコニアンの全てを知り、本物の世界の知識を持ち合わせている……ハズ。

ルイセンコ博士

いわゆる
マッド・サイエンティスト
であると同時に
伝説の長靴の鑑定士でもあり、
ボツコニアン以外の世界の
門番でもある謎の人物。
ロボット〈ボッコちゃん〉
などを発明した。

クレジット

イラストレーション
高山としのり

本文デザイン
坂野公一
welle design

ここはボツコニアン　3
二軍三国志

Here is BOTSUCONIAN 3

Miyuki Miyabe

第6章
二軍三国志
——赤白の戦い

○この章の始めに

作者は海外ドラマのシリーズものが大好きで、いろいろ観《み》ているのですが、『CSI』とか『クリミナル・マインド』みたいな一話完結ものの方が好みで、錯綜《さくそう》した謎《なぞ》を何シーズンも追いかけていくタイプのものは苦手なんです。なので、「面白いよ」という評判を聞きつつも、『LOST』は観ていませんでした。

ところが、あるとき『クリマイ』のDVDを買ったら、本編の前に『LOST　ファイナル・シーズン』の予告編が入っていました。〈三分でわかるこれまでの『LOST』〉。で、これがタダものじゃなかった。コンパクトにあらすじと主要登場人物の関係とメインの謎を紹介してあり、「このこんがらがった謎が全て解けるなら、ファイナル・シーズンを観てみようかな」とそそられるような優れものでした。逆に言うと、長時間かけてそれまでのシーズンを観ていたら、ちょっと損した気分になるんじゃないかしら？　と思うくらいよくできていました。

あれにはとうてい及びませんが、作者もやってみます。三国志をご存じの方は、このくだりは飛ばしちゃってくださいね。

〈三分でだいたいわかる『三国志』〉

『三国志』は中国の歴史書です。

〈中国四千年〉とよく言いますが、その長い歴史のなかでも、魏《ぎ》・呉《ご》・蜀《しょく》という三つの国が覇権を争ったこの時代は、「天下を統《す》べる皇帝は一人だけ」というそれまでの原則を覆した点で、たいへん特異な時代だったそうです。

後漢《ごかん》という統一帝国の政情が乱れ始めたのが二世紀の半ば。国の屋台骨がぐらぐらして、「これではいかん！」と、各地でいくつかの軍閥（とそれを率いるリーダー）が立ち上がるきっかけとなったのが、西暦一八四年に勃発《ぼっぱつ》した〈黄巾《こうきん》の乱〉でして、ここがいわゆる『三国志』の起点となります。ここから中国は群雄割拠の戦国時代に突入し、軍閥同士が大いに争いますが、二〇八年、魏のリーダーである曹操《そうそう》が、江東《こうとう》の孫権《そんけん》が治める呉を攻めとろうと南進し、両軍は〈赤壁《せきへき》の戦い〉で激突。この戦いには呉が勝利し、このとき呉と共に戦ったことがきっかけで、それまでは各地を流浪していた劉備《りゅうび》が蜀を興す道が開け、三国鼎立《ていりつ》時代が幕を開けます。

で、その後もまだ紆余曲折《うよきょくせつ》があるのですが、二二〇年に曹操が亡くなり、跡継ぎの曹丕《そうひ》が後漢王朝最後の皇帝である献帝《けんてい》から帝位を譲ってもらって魏の皇帝となり、二二一年に劉備が蜀の皇帝になり、二二九年には孫権が呉の皇帝となって、皇帝が三人いる三国時代になる。でもってさらにまだまだ紆余曲折があるのですが、最終的には魏の内部でクーデターがあって、司馬懿《しばい》という人物がトップになり、二六三年に蜀が魏に降伏、二六五年には司馬懿の孫の司馬炎《しばえん》が皇帝になって、晋《しん》という国を建てる。二八〇年、この晋に呉が降伏して晋の天下統一がなり、三国時代は終わることになります。

この時代がどうして面白いかといったら、もともとスケールの大きい中国統一のお話である上に、三つの国が互いに争っているから。呉と蜀が同盟して魏に対抗したと思ったら、次にはこの二国の争いに魏が介入するとか、とにかく駆け引きの連続で、続々と登場する個性豊かな群雄も、状況によって敵になったり味方になったり。まさに乱世を生きる人びとの群像劇なのであります。

そういう次第で登場人物も大勢（ざっと千人以上）いますが、おおざっぱに、魏は曹操、呉は孫権、蜀は劉備がトップで、彼らの下《もと》で様々な武将や軍師や参謀が活躍したのだと頭にとめておいてくだされば大丈夫。この三人のなかで、三国時代末期まで生きているのは孫権だけですが、それ以前に、二三四年に蜀の劉備の軍師だった諸葛孔明《しょかつこうめい》が死んでしまうと、三国志もピークを過ぎた感じになって、私みたいなミーハーは「ふ〜ん、晋建国まで三国志に含まれるのかぁ」というくらいにテンションが下がっちゃうし、やっぱり、いちばん面白いのは前記の三人＋孔明が現役バリバリで戦ってるときで、なかでも、三国鼎立時代への扉を開いた〈赤壁の戦い〉は、三国志のハイライトであります。

さて、最初に「三国志は歴史書です」と書きましたが、歴史書ならば著者がいるわけです。はい、著者は陳寿《ちんじゅ》さんといいます。この人は蜀→晋と仕えた官僚つまりお役人で、司馬炎の命令で『三国志』をまとめました。これは史実を記録したストイックな歴史書ですが、なにしろ素材が素材なんで面白いから、後々、千年ぐらいあいだを置いて、羅《ら》貫中《かんちゅう》という人がこれに創作を混ぜてドラマチックに物語化し、『三国志演義』という書物を著《あらわ》しました。一般に、史書である『三国志』を〈正史〉、歴史小説である『三国志演義』を〈演義〉と呼んで区別しています。ちなみに〈演義〉は、江戸時代には既に軍記語りの人気演目だったそうで、我が国と三国志のお付き合いには永い歴史があるんですね。

もっと詳しいことを知りたい方は、北方謙三《きたかたけんぞう》先生の『三国志』をどうぞ。

では、ボッコニアンへ。

「ふ〜ん、三国志ってそういう話なのかぁ」

ピノピは作者の〈三分でわかる〉解説文を読まず、ふかしたてアツアツの〈あんまん〉をいただきながら、郭嘉《かくか》（以下敬称略）からひととおりのレクチャーを受けたところであります。

「私はこの時代の当事者だから、アンチョコ見て書いてる作者より、ずっと正確な解説ができてると思うけど」

「でも郭嘉様、自分の生きてる時代の全体像って、意外とわからないものかもしれないですよ」

おっと、ピピの鋭いコメントだけど、郭嘉は鷹揚《おうよう》ににっこりする。

「そうそう、君は賢い。あと五年——いや三年でもいいかな。それぐらい経ったら、心身両面で大いに期待できるね」

だから、どういう期待なのかなあ。

「君の指摘は正しいけれど、私はもうこの世のものではないからさ、例外だね。時空を超えて様々な知見を得ている」

「ああ、だから、後世からこの時代を見ているような、客観的で総体的な見方ができるんですね」

「そのとおり」

座っているピノピとふわふわ浮いている郭嘉が話し込んでいるところに、新しいメンツが現れた。郭嘉よりちょっとだけ年長な感じの男性で、顎鬚《あごひげ》をたくわえているが、髪型も服装も似ている。ってことはこのヒトも軍人じゃなくて参謀か。

「おや、荀彧殿《じゅんいく》」

郭嘉はにこやかなのに、呼びかけられた当人は眉間《みけん》に皺《しわ》を寄せている。

「またイケメンだわ」と、ピピが小声で呟《つぶや》いたのをピノは聞き逃さなかった。

「ピピ姉《ねえ》、そんなことばっか」

「いいじゃない、ヒトは見た目が九割よ」

「郭嘉殿」

荀彧はご機嫌ななめ風で、声がちょっぴり尖《とが》っている。

「また昼日中からふわふわしておられるかと思えば、このように怪しげな間者《かんじや》——」

ピノピをじろじろ検分して、

「怪しげな子供を連れ込んで、何を企《たくら》んでおられるのですか」

郭嘉は天井を向いてアハハと笑う。

「この二人は怪しげな子供なんかじゃありませんよ。伝説の長靴の戦士です」

そう、三国志を解説していただくお礼に、自己紹介を兼ねて、ピノピはこれまでの経緯を郭嘉にお話ししたのでした。

「それに、私が何か企んでいるなどと、剣呑《けんのん》な言い方だなあ」

「あなたの存在そのものが剣呑だからですよ。どうしても出てきたいというのなら、陽《ひ》が落ちてからにしてくれませんか。死んでるんだから」

「おや、中国の死者の魂は〈鬼〉と呼ばれて、昼夜を問わず現れるんですよ。ご存じありませんか」

何かこの二人、火花バチバチ散らせてません？

「参謀同士、ライバルなのかな」

ピピがこそっとピノに囁《ささや》くと、郭嘉はちゃんと聞きつけていて、囁き返してきた。

「うん、そうなんだ。私の方が丞相《じようしよう》の信任が厚かったんだけど、早死にしちゃった分だけ損してて」

「郭嘉殿は早死にされたので、かえって得をしているんですよ。死者は何かと美化されがちなものですからね」

荀彧も聞きつけていました。名参謀は地獄耳なんだ。

「まあまあ、お平らに」見かねて、ピノが割り込んだ。「ここでは皆さん、平等に二軍なんだから」

「二軍言《ゆ》うなあ！」

突然、雷のような怒声が轟《とどろ》いた。すぐそこの廊下に、甲冑《かつちゆう》に身を固め大刀を佩《は》いたおっさんが仁王立ちしてこっちを睨《にら》みつけている。驚いた一同が注目すると、おっさんは不機嫌そうにぷいと目を逸《そ》らし、のしのしと去っていってしまった。髷《まげ》にも髭《ひげ》にも白髪が混じっているけれど、頑丈そうな身体《からだ》つきで、顔もいかつい。

ピノはけっこうビビった。「ど、どなた様でしょう」

「楽《がく》将軍」と、二人の参謀が声を揃《そろ》える。

「楽進殿《がくしんどの》だ」

「丞相が董卓《とうたく》討伐に挙兵されたころから付き従ってきた武人で、数多《あまた》の戦《いくさ》で活躍されているんだけど、派手なエピソードがないからかなあ、ゲームには縁がないんだよねえ」

「それ故に、二軍という言葉にはナーバスになっておられるのだ」

お気の毒に――と、荀彧はため息をつく。すると足音がのしのし戻ってきた。

「ナーバスなどという軽々しい言い方をするなぁ！」

ここでは将軍も地獄耳です。楽将軍、両足を踏ん張り、肩を怒らせている。

「儂《わし》はここ赤壁の戦いでは丞相の御身《おんみ》をお守りし、共に南郡まで落ち延びたのじゃ。それほど大事な働きをしたというのに、どうしてこんなところにおらねばならんのじゃ！」

「楽将軍、落ち着いてください。そも赤壁では、我々は大敗したのですし」

楽将軍、さらにお怒りだ。「孫家《そんけ》の小僧にしてやられたのは、おぬしがしっかりしておらなかったからではないか、荀彧！」

バツが悪そうに首を縮める荀彧の脇《わき》で、郭嘉はヘラヘラ笑っている。

「そうですよねえ、私が死んでいなければ、あんな負け戦にはならなかったでしょう」

「郭嘉も、うっかり流行病《はやりやまい》で死ぬなど、心がけがなっとらんのじゃ！」

ああ腹が立つと吐き捨てて、楽将軍は廊下を踏み鳴らして去っていった。今度はホントに行ってしまったかどうか充分に間を置いて確かめてから、ピピはそっと郭嘉の袖《そで》を引っ張った。

「郭嘉様、病気で死んだの？」

「うん。まだ三十八歳だったんだよ。いろいろな意味でもったいないでしょう」

十二歳のピピから見ると、三十八歳は充分おっさんなんだけどね。

「確かに、戦乱の世にありながら働き盛りに病を得て没するとは、つくづく運がないというか徳がないというか」

荀彧の皮肉めいた呟きに、郭嘉の目がきらっと光った。

「そうですねえ。しかし、あたら寿命を保ったが故に晩節を汚《けが》すのも徳がない」

荀彧の目つきが尖る。「それはどういう意味かな」

「あなたは私よりだいぶ長生きなさいます。ただ楽将軍のお歳《とし》には及びませんし、なかなかの死に方をなさる――」

先に死んじゃってる郭嘉サン、他人の運命を知ってるんですね。しかし意地悪な言い方だ。荀彧のこめかみがぴくぴくしてきた。

「わ、私がいったいどんな死に方をするというのだ」

相手がひるむと、郭嘉はかさにかかって突っ込むタイプらしい。ちょっと探るような目つきになって荀彧にふわりと身を寄せ、

「最近、空箱を見ると胸騒ぎがしませんか」

「え？」

何か知らんが、荀彧には思い当たる節があるらしい。目が泳いだ。

「か、空箱がどうしたというのだ」

「やっぱり」

郭嘉はすかさず、置物みたいに静かに控えていた二人の兵士を振り返った。

「兵卒、空箱を」

その一声に、兵士たちはさっと背中から空箱を取り出してカサカサ振ってみせる。すると荀彧が悶絶《もんぜつ》した。

「わ！　やめてくれやめてくれ！」

撃たれたみたいに身じろいで胸に手をあて、しゃがみこんで息をあえがせております。

「ど、どうしてこんなものが怖いんだろう」

郭嘉は満足そうに微笑《ほほえ》んだ。「いずれわかります」

ピノピはぽかんとしている。

「あのさあ、参謀さんたち。それって、三国志を知ってる人にはわかるギャグなのかもしれないけど、オレらはさっぱり」

ちなみにこの空箱、ものの本に拠《よ》ると〈蓋付《ふたつ》きの器に封をしたもの〉であるそうなのですが、お菓子の空箱みたいなものの方が楽しいので、タカヤマ画伯、このシーンを描くときはよろしく。

「やっぱそうか。じゃ、ちょっと散歩でもしようか」

まだへたりこんでいる荀彧を置き去りに、ふわふわ移動する郭嘉にくっついて、ピノピは部屋を出た。

「川縁《かわべり》に、船がいっぱい舫《もや》ってありましたけど」

「うちの水軍の船だ。見てみたい？」

広い運動場みたいなところを横切ると、兵士たちが馬に乗って訓練している。土埃《つちぼこり》がすごいので、ピピは手を上げて目を守った。

「あのヒトたち、さっきも走り回ってませんでしたか？」

ここにたどりついたとき、遠くから見かけたよね。

「ほかにやることないからね～」

みんな暇なんだと、郭嘉は言った。

「それに、最初の印象ほどには、ヒトがいっぱいいない感じがするんだけど」と、ピノは言った。「同じ顔をよく見かけるよ」

「君、意外と観察眼が鋭いね。そうなんだ。実は兵卒たちも、ごっそり本物の世界の方へ駆り出されてる」

「雑魚《ざこ》キャラ用ってこと？」

「その言い方は気の毒だけど」

　カッカ殿、ライバルには辛辣《しんらつ》でも、兵士たちには優しいようである。

「もともとゲームに兵卒をとられてる上に、近年、大がかりにエキストラ兵卒を動員する映画が撮《と》られたもんだから」

『レッドクリフ』のことでしょう。ジョン・ウー監督万歳《ワンスイ》。

「こっちにいる兵卒は、年配者や怪我人《けがにん》が多い。ああやって馬を走らせて訓練しているのは、ごく一部の元気者たちだけだ」

　川縁に近づくと、大量に舫ってある船団が見えてきた。そして、この船団にも大いに問題があることがわかってきた。

　みんな、どっかしら壊れてます。

　ピノは片手で目を覆った。「――これまた、使い物にならないからこっちに来てるわけだな」

ボツの船団。

「あの船だけ、形がヘンですね」

ピピが指さした先に、エジプトの太陽の船そっくりのシロモノが浮かんでおります。

「誰かが時代考証を間違えたんだね〜」

間違えすぎです。

「どうせなら、イージス艦とかに間違ってくれたらいいのに。そしたらこっちの圧勝だ」

それだと『ファイナル・カウントダウン』もどきになっちゃいます。

青空の下、悠々と流れる河を見渡していたピピが、我が目を疑うように何度かまばたきしてから、郭嘉を仰いだ。

「あのぉ、対岸の岩壁に何か書いてあるみたいに見えるんですけど」

はい、でっかい文字が見えます。

「あれね、〈赤壁〉って書いてあるのさ」

漢字だからピノピには読めないのね。

「後年、ここは観光地になるんだ。分かり易《やす》くていいでしょう」

「――ホントにいいと思ってます？」

ピピは、お気楽そうで実はそこはかとなく投げやりな郭嘉が気にかかる。

「さっき、皆さんは気がついたらここにいたっておっしゃってましたよね」

いろいろお互いの状況を語り合っているうちに、郭嘉がそんなことを言ったのだ。

「そう。我々はずっと存在していたんだけど、自分たちが存在していることに気づかなかった。あるとき、突然目覚めた。そんな感じだったね」

「その〈目覚めた〉タイミングが、わたしたちが空に〈封印は解かれた〉ってお告げを見た時だと思うんですよ」

そのとき、二軍三国志がボツコニアンの世界に実体化したのではないかと、ピピは考えているのだった。

「どうやらそうらしいね」

水面《みなも》に目をやりながら、郭嘉はうなずいた。

「そうするとわたしたちの責任——」

ピピが弱気に小声になる。郭嘉は微笑んでその肩に手を置いた。

「責任問題ではないよ。君たちが伝説の長靴の戦士としての役割を果たして、このボツの世界をより良いものに創《つく》り変えてくれたなら、我々も本物の世界と肩を並べることができるんだろ？」

「はい……」

「だったら、萎《しお》れずに元気出して頑張っておくれよ」

「で、〈あんまん〉はどういう位置づけになるわけ？」

ピノはそっちの方が気になる。

「コノノの町でおかしなことを聞いたんだ。〈あんまん〉の皮に別の具を入れようとしても、身体が固まったみたいになっちゃって、どうしても駄目なんだって」

この証言は、珍しく郭嘉を驚かせた。

「へえ～、そんな現象が起きてるのか」

「郭嘉様も知らないの？」

「私は、我々だけでここに閉じこもっていてもしょうがないと思ってね。外の世界と交流するきっかけのひとつとして、〈あんまん〉を売り出したんだけど」

そうかぁ、別の具は駄目かと感心している。

「たとえば肉団子とか入れようとしても駄目なんだって」

「それはね、本物の世界で〈肉まん〉が回復アイテムになってるからだよ」

だから、肉まんはボツコニアンに来られない。

「そもそも饅頭《まんとう》は諸葛孔明の発明品だし、〈赤壁の戦い〉のころにはまだ誕生していなかったものなんだ」

諸葛孔明。呼び捨てにするところを見ると敵方のヒトなんだろうと、ピノピは推測。

「でも、郭嘉様は時空を超えられるから、その存在を知ってるんですね」

「そ。だから餡《あん》を入れてみたら、大ヒットしたわけ」

「そういうのパクリって言わない？」

余計なことを言うピノの口をおっぺしておいて、

「そういえば」

ピピもおかしなことを思い出した。

「あたしたちをここに連れてきてくれた見回りの兵隊さんが、〈よく来られたなあ〉みたいなことを言ってたんです。自分たちでもコノノへ行くのは大変なのに、とか」

河を渡る風にふわりふわりと漂いながら、郭嘉は首をかしげた。

「それについては、私も仮説しか持ってないんだよ。思うに、我々二軍三国志がこのボツの世界で目覚めてからまだ日が浅いので、馴染《なじ》んでないせいじゃないのかな。だから、ボツコニアンのほかの場所と行き来するのに、抵抗がかかる。それが身体症状になって、しんどく感じるんじゃないかな」

「じゃあ、毎朝コノノ饅頭本舗《まんじゆうほんぽ》に〈あんまん〉を届けてるヒトは」

「一介の兵卒だけど、適応が早いタイプなんだろうね。ニュータイプだ」

ここでその言葉を使っていいのかどうか、作者は微妙に不安ですが。

「郭嘉様もニュータイプと同じで、コノノと行き来しても平気なんでしょ。その、つまり、幽霊だから」

「うん。でも面倒なんだよ。私が出張《でば》っていくたびに、コノノ饅頭本舗の社長が腰を抜かすもんだから」

　無理もないと思う。

「あ〜あ」

　青灰色にゆったりと流れる河を見渡して、風にふわふわ漂いながら、郭嘉は両腕を持ち上げてう〜んと伸びをした。

「幽霊であっても、せっかくこうして蘇《よみがえ》ったんだからさ。私も本物の世界へ行きたいなあ。軍師ビーム撃ちまくって戦いたい」

　ピノピはリアクションに困った。そこへ、

「私はムービーには出てますよ」

　誰かと思えば荀彧だ。腰に手を当て、得意そうに反《そ》っくり返っている。結局、このヒトも暇を持て余していて、新しい刺激に飢えているんでしょう。突っ込まれてもいじめられてもからんでくる。

「いつ来たの？」

「子供は黙っていなさい。郭嘉殿、私はＮＰＣ《ノン・プレイヤー・キャラクター》友の会にも入ってます」

　郭嘉はげそっと鼻白んだ。「ああ、はいはい、ご立派ご立派」

　初めて一本とったという感じの荀彧はしかし、ここでにわかにきりりと警戒モード。

眉《まゆ》を吊《つ》り上げた。

「——なんて、内輪もめをしている場合じゃないようだ。郭嘉殿、あれを」

指さす先の桟橋に、男が二人肩を並べて座っている。釣りをしているらしい。

「おやまあ」

郭嘉の目が丸くなった。視線を感じたのか、桟橋の二人もこっちを振り返る。

「うへ！」

「ヤバい！」

いえ、三国時代の人たちがこんな言葉使いをするとは思えませんが、ここはボツコニアンということでお許しを。

あわてて逃げだそうとする男たちに、郭嘉が呼びかけた。

「あなた方、蔡瑁《さいぼう》と張允《ちょういん》じゃないか」

呼び捨てにするってことは、敵方のヒ

トか。と思ったら、呼ばれた二人の男は怒った。逃げ出すのをやめて、こっちに迫ってくる。

「我らを呼び捨てにするとは、おまえは何者だ！」

「何と無礼な！」

すると荀彧が愉快そうに笑いながら取りなしにかかった。

「これはこれは申し訳ありません」

怒る二人を手で制しておいて、横目で郭嘉を見る。「この方たちは、丞相の江東進軍からのお味方ですからね。先年のうちに死んでしまっているあなたの顔を知らないのです」

「そういうおまえの顔も知らんぞ！」

「何者だ?」

今度は郭嘉が笑った。「私も荀彧殿もどっこいどっこいですね。丞相には軍師も参謀も大勢ついていましたから、新参の両将軍には、まだ覚えきれないのでしょう」

そして小声で、「覚えないうちに殺されちゃったしねえ」と言い足した。ピノピにはしっかり聞こえた。

「それにしても意外ですね。あなた方みたいな〈赤壁〉の重要人物までこちらに来ているとは」

張允と呼ばれた少し小柄な方の武将がうろたえた。

「こちらって——我らがここにいてはいかんというのか？」

「俺たちは丞相の将だぞ！」

蔡瑁の方はけっこう居丈高だ。

郭嘉は鼻で笑った。「早合点して怒らないでください。そういう意味じゃないんですよ。お二人はまだ、ご自分たちの存在の不条理さをご存じないようだ」

郭嘉がボッコニアンの仕組みを説明して差し上げると、蔡瑁・張允コンビはだんだん不安げな表情になってきた。二人ともよく日焼けしていて精悍《せいかん》な感じなのだが、今はちまちまと目をしばたたいて、迷子の子供みたいだ。

「何と——俺が二軍とは」

むっつりと呟いた蔡瑁に、張允がうなずきかける。

「しかしこれで、周瑜《しゅうゆ》の館《やかた》で蔣幹《しょうかん》がうろうろしていた理由がわかりましたぞ。周瑜がおらん、どこにいると、しきりに探し回っていたではありませんか」

「ああ、呉の大都督《だいととく》はお留守に決まっていますよ。本物の世界で人気キャラのベスト5に入るお方ですから」

「不愉快だな！」

蔡瑁は、不安を通り越してまた怒りモードに戻っちゃった。

「なぜこの俺が二軍なんだ。〈赤壁〉の立役者だというのに」

「それはどうかなぁ。〈重要人物〉と〈立役者〉は意味が違います」

このやりとりに、またぞろ目を白黒させるばかりのピノピに、郭嘉はこっそり教えてくれた。「蔡瑁将軍と張允将軍は、我らの水軍を預かっていたのですが、敵に内通しているという疑いをかけられましてね。〈赤壁〉の序盤で処刑されてしまったのです」

「あらまあ」

「じゃ、ゼンゼン活躍してないいんじゃん」

「でも、もしもこの二人が健在であったなら、我らもあれほどボロ負けすることはなかったろう――という観点からは、確かに立役者であるかもしれません」

「俺たちは内通などしておらんぞ」

まさに苦虫を噛《か》み潰《つぶ》した顔つきで、蔡瑁が唸《うな》るように言った。「あれはまったくの濡《ぬ》れ衣《ぎぬ》だ。周瑜めに嵌《は》められたのだ」

「そのとおりだ！」

いきまく二人の将軍を横目に、郭嘉は呑気《のんき》そうにふわふわしながら呟いた。「それだって、もとが寝返り者だからですよ」

「むむ、今なんと言った？」

「聞き捨てならんぞ！」

「私は事実を述べたまでですが」

すかさず荀彧が叱りつける。

「郭嘉殿、口が過ぎます。だいたいあなたには人を人とも思わぬ傲慢《ごうまん》なところがあって」

「おやそうですか。兵卒、空箱を」

しっかり郭嘉に付き従ってきていた兵士たちが空箱を取り出して、かさかさかさ。

「わ～！　だからそれは勘弁してくれ！」

大人の男ばっかの口喧嘩《くちげんか》は厄介だ。と思っていたら、

「やかましいわい！」

いいところで楽将軍がおいでになりました。みしみしと音をたてて桟橋を歩き、蔡瑁・張允コンビに近づくと、はったと睨みつけて、

「おぬしら、対岸に行ったのか？」

水軍コンビはへどもどした。

「え、それは、ええと」

「行ったのか行っておらんのか！」

「い、行きました」

張允が下を向いて指をいじり始めた。「わ、我らはどちらの軍にも身の置き所があり

ませんので」

人目を避けつつ、河を渡ってあっちへ行ったりこっちへ行ったりしていたのだが、前後を

「彷徨《ほうこう》に疲れ、長江《ちょうこう》の水の懐かしさについ座り込んで釣り糸を垂れましたら、前後を忘れて夢中になってしまいました」

ちょっと可哀相《かわいそう》だね。

「それはもうよい。して、呉軍の様子は如何《いか》に」

蔡瑁と張允は顔を見合わせる。

「如何にと問われましても、あちらでもこちらと同じように、兵は少なく、主立《おもだ》った武将も軍師も不在でありまして」

「ただただ当惑している様子に見えました」

「ふむ」

ぶっとい腕を胸の前で組み、楽将軍は考え込む。

「一度、様子を見に行ってみましょうか」

郭嘉は楽将軍に笑いかける。「私なら既にこの身体ですから、もう死ぬ心配はありませんし、どこへでも忍び込めます」

その笑顔に、楽将軍は渋面《じゅうめん》だ。「おぬし、胡散臭《うさんくさ》いからのう」

「幽霊なんですから、仕方ありません」

「いや、生前から胡散臭かった」

荀彧が後ろを向いて笑っている。

「よし、儂も行こう。船を用意してくれ」

楽将軍は腕組みを解くと、ピノピを見おろした。

「そこな童子《わらし》、おまえたちもおいで。外の世界から来た者の方が、この際、儂には頼もしいわい」

「あいあい、了解しました！」

さっと敬礼したピノと、気をつけをしたピピであります。

「しかし楽将軍、河を渡られるならば、充分にご注意を」

忠臣顔になって、張允が言い出した。

「我らが対岸にいた折に、水練中の呉軍の兵卒が数人、行方がわからなくなるという事件がありました。おそらく水に呑《の》まれたのでしょうが」

おお、そういえばと蔡瑁もうなずく。

「子供のころから水に馴染んでいるはずの江東の者にしては、迂闊《うかつ》というより不審な事故でござる。この長江は、我らの知っている長江に似てはおりますが、異界の長江なのでしょう？　何が起こるかわかりません」

評判悪そうな蔡瑁・張允コンビですが、なかなか理解は早いようです。

「ふむ、よく用心することにしよう」

ピノピも、あんまりボケッとしていてはいけないみたいです。

第6章
二軍三国志
――赤白の戦い・2

蒼穹《そうきゅう》の下《もと》、碧《あお》き長江に小舟が二艘《そう》。

その横を浮遊移動する幽霊が一体。

渋いお顔の楽進将軍。「落ち着かん」

「そうおっしゃられると心苦しいのですが、私も好きでこの身体《からだ》になったわけではありませんので」

カエルの面《つら》にションベンの郭嘉参謀。

楽将軍とピノピが乗る小舟は、郭嘉付きの兵士の一人が漕《こ》いでいる。もう一艘の小舟には、何だかんだ言いながらやっぱりくっついてきた荀彧《じゅんいく》が乗り込んで、もう一人の兵士が艪《ろ》を操っている。

「いい気持ち」

水面《みなも》を渡る風の心地よさに、両手を伸ばし、身体いっぱいに日差しを浴びるピピである。

対岸に見える呉軍の陣屋は、岩場に柱を立てて組み上げた、なかなか立派な建物だ。川面《かわも》から眺める景色は壮観である。ただ、魏軍《ぎぐん》の本拠地に比べるとこぢんまりしている。それはそのまま、この二国の国力と兵力の差を示している。〈赤壁の戦い〉では、攻め寄せる曹操軍四十万人、受けて立つ孫権軍は十万人＋劉備《りゅうび》軍の二千人だったそうであります。曹操軍八十万人とか百万人の説もありますが、これは自己申告＋「白髪《はくはつ》三千丈」ふうな誇張が入っているとか。

「あのさぁ、楽将軍」

船べりに寄りかかり、ピノもすっかり寛《くつろ》いだ恰好《かっこう》。立派な武人の前で、ちょっとだらしない。

「オレ、質問するタイミングがないまんまになってる根本的な疑問があるんですけど」

「では今、尋ねるがいい。何だね」

「ジョウショウって誰？」

ち～ん。

これは、沈黙を表現する擬音であります。

歴戦の老将軍は、この程度のことでは驚かない。鎧《よろい》をみしりと鳴らして軽く身を乗り出すと、ピノに目を合わせて教えてくださる。

「我らが殿、曹操様のことだ。丞相というのは、天子を補佐する官僚としてはもっとも高い地位を意味する官名でな。曹操様は帝《みかど》よりこの位を賜《たまわ》り、天下の騒乱を収めて世に平安をもたらすために尽力しておられる」

「なぁんだ、役職の名前なのか。さっきからみんながじょうしょう、ジョウショウって言うたびに、そんな人どっかにいたっけ？　って思ってたんだ」

歴史小説では、こういうことがあるんですよね。中国ものに限らず国産ものでも、官位や通称や幼名が入り乱れて、相手との関係によって一人の人物が三通りぐらいの呼ばれ方をするので、混乱しちゃう。

「先ほど私が、呉の将軍の周瑜《しゅうゆ》をさして〈大都督〉と呼んだのも、同じですよ」

と、郭嘉が親切に補足する。

「じゃあオレやピピ姉《ねえ》も、曹操ってヒトに会ったら、丞相って呼べばいいの？」

「それでいいですが、〈曹操ってヒト〉ではなく、曹操様と言いましょうね」

「我らと共にここにおっては、殿にお目にかかれるとは思えぬが」

言って、楽将軍は肩を落とした。「殿は本物の世界でご活躍じゃ」

「先頃、私がちらりとあちらに偵察に行った限りでは、二喬《にきょう》争奪戦に張り切って――」

またわかんないこと言うなよ、とピノが突っ込む前に、楽将軍が水面をふわふわ移動している郭嘉の方を向いて、大きなくしゃみをした。折よくそこに横風も吹きつけてきて、

「あららら」

郭嘉ははるか下流の方に飛ばされていってしまいました。

「おお、いい眺めだ」

荀彧も意地が悪い。額の上に手をかざして囃《はや》している。

「何の争奪戦？」

「おまえたちは気にせんでよろしい。大人の事情である」

楽将軍はバツが悪そうだ。咳払《せきばら》いなんかして、無理に話題を変える。「しかし、何だの。伝説の長靴の戦士というものは、存外とものを知らんのだな」

「だってオレもピピ姉も、まだ子供だから」

「そのような童子《わらし》に、この世界の神は何故《なにゆえ》に戦士の称号を与え、天命をくだされたのであろう」

「ヘンだよね」

ピノはあっさり切り返したが、ピピは大真面目《おおまじめ》にうなずいた。

「わたしたち自身にもわからないんです」

「曇りのない童子の目で世界を見よ、ということかのう」

「オレらの目はけっこう曇ってると思うけど。ここに来ちゃったのだって、〈あんまん〉につられただけなんだから」

楽将軍は破顔した。「まあ、それはそれでよしとしよう。餡饅頭《あんまんとう》は美味じゃ」

おっかない顔をしていて怒鳴る声も大きいけど、ピノピは楽将軍が好きになってきました。

「楽将軍は、ずっと戦場《いくさば》で戦ってきたんですよね」

ほのかな畏敬《いけい》の念を込めて、ピピが尋ねる。

「そうとも」

「戦のない世界で、たまには息抜きできていいって思いませんか」

楽将軍は腕組みをして、少し考えた。小舟はゆっくりと進んでゆく。

「いついかなる時でも、儂《わし》は丞相のおそばに従っていたいのだ。丞相のおられるところが、儂の生きる場所だからな」

そういうものか。

「それになあ、納得がいかんのよ」

「納得？」

「儂は我が軍の他の将軍たちと比べて、けっして遅れをとることのない働きをしてきた。一度たりとも敵に後ろを見せたことはない。それなのになぜ、本物の世界に行くことができんのだろう」

今度はピノピが腕組みして、てんでに「う〜ん」と唸《うな》った。考えているのではなく、考えているふりだ。楽将軍に、知名度とか人気度とかキャラの立ち具合とか説明したところで、切ないだけですからね。

「それはね、じじいキャラは蜀《しょく》の黄忠《こうちゅう》将軍が一手に引き受けているからですよ。なにしろ五虎大将《ごこたいしょう》のお一人ですしね」

いきなり郭嘉、復活である。

「せめて音をたてて出んか！」

「すみません。私はどうやら、作者の都合によって、物理の法則に従ったり逆らったりするようです」

「あら」胸に片手をあてて、ピピが声をあげる。「今の郭嘉様の現れ方で、思い出しちゃった」

似たような現れ方をするアイツのこと。

「トリセツ！」

ピノピの声が揃《そろ》った。

「あいつ、何やってンだ？」

「呼びましたか？」

トリセツ、赤壁ステージの長江の水面から一メートルほどの高さの中空に出現。

「あんた、今までどこにいたのよ！」

「ポーレ家に決まってるじゃありませんか。ポーレ君にみっちりと古史学を個人教授していたのですよ」

郭嘉付きの兵士が思わず身構え、荀彧は腰が引けているなかで、さすがに楽将軍は動じない。

「この生きもの――生きものだな？」

「はい、一応は」

「伝説の長靴の戦士の従卒か？」

「いいえ、役立たずの同行者です」

「失礼な。わたくしは精霊に似ていますが精霊より上等な、世界のすべてを知るトリセツだと何度も申し上げているでしょう？」

浮遊移動タイプのお仲間、郭嘉がふわふわしげしげとトリセツを観察する。トリセツもその視線に応《こた》えてにっこりする。

「なんだか、お互いに」

「似通ったものを感じますね～」

嬉《うれ》しそうに言い交わし、指先と葉っぱの先で握手した。

「以後、よしなに」

「こちらこそ」

と言ってるあいだに、また横風。

「あららら〜」

一緒に吹き流されていってしまいました。はい、作者の都合です。

荀彧はまたぞろ大喜び。楽将軍は唖然《あぜん》。

「郭嘉はともかく、トリセツとやらがおらんで、童子らは困らんか」

「まったく、ゼンゼン、一ミリも困りません」

気を取り直した兵士たちが力強く小舟を進め、対岸が迫ってきた。と、呉軍の陣屋からばらばらと人が出てきて、川岸に駆け寄ってくる。ほとんどが兵士だけれど、先頭に立っている武人は鎧も立派で、体格もがっちりしている感じだぞ。

「おや、あれは」

楽将軍が目を瞠《みは》った。ピノピも川岸に向き直り、ちょっと緊張した。

「程普《ていふ》ではないか！」

武人を指さして大声をあげる。と、相手も仁王立ちになって指をさし返してきた。見れば、このヒトもおじいさんキャラである。

「楽進か！」

そしてほとんど同時にこう叫び合った。

「おぬしも二軍か、いい様《ざま》じゃ！」

あ痛《いた》タタ。

ここでひとつ問題が起こります。

前節でご紹介したとおり、楽進は曹操が董卓《とうたく》討伐に立ち上がったときからの古株です し、程普も孫呉《そんご》三代に仕えたベテランの将軍。おじいさんキャラということではいい組み合わせなのですが、さてこの二人、こうやってばったり会ったとき、すぐ互いを認識できるような間柄だったのか?

二人とも赤壁の戦いに出ていることは確かで、程普は周瑜と共に戦艦に乗って正面から曹操軍に攻めかかっているんですけどね。それぞれに高名な将軍だから、名前は知っていたでしょうが、顔はわかるかなあ。

ま、いいや。わかるってことにしちゃって、進みましょう。

「画面の外から何やら面妖《めんよう》な呟《つぶや》きが聞こえるが、あれは何かの?」

「気にしないでください、楽将軍。とるに足らないうちの作者の声です」

とるに足らない作者は、この皆さんを呉軍の陣屋のはずれ、長江を望む四阿《あずまや》に集めました。兵士たちはまわりに下がり、楽将軍と程普将軍が向き合って、荀彧は楽将軍の後ろにくっついて、ピノピは両軍代表の真ん中にちょこんと座っている。

「これ、童子。作者を軽んじてはいかん」

程普将軍は、おじいさん度メーターは楽将軍より高く、おっかない顔メーターは低め。眼差《まなざ》しが優しいおっさんである。

「儂は先頃、ある作者に小説の主役に据えてもらった。感謝感激じゃ。儂ばかりでなく、妻《さい》のことも書いてくれよった」

「うちの作者はそんな心あるヒトじゃありませんから、お気遣いなく」

「程普、主役を張ったのか……」

楽将軍は衝撃を受けている。

「なに楽進、待てば海路の日和《ひより》ありじゃ。いずれはおぬしも主役になって暴れ回る折が来ようぞ」

程普将軍、愛用の鉄脊蛇矛《てつせきだぼう》をぐわりぐわりと振り回し、剣舞をひと踊り。四阿は狭いので、他のみんなはわらわらと避《よ》ける。

「おっと、もう果たし合いをやっちょりますか。お元気なもんじゃ」

張りのあるいい声がしたので目をやると、四阿に通じる岩場の道を、大きな盆を捧《ささ》げた女性を二人従えて、新しい人物がこっちにやってくる。この人も文官系の服装だけど、チョビ髭《ひげ》を生やしたお顔が濃いし、雰囲気が怪しい。率直に言って堅気に見えません。

「あ、おまえは魯粛《ろしゆく》！」

一応は敵陣に乗り込んでいるということで、戦慣れしていない荀彧はずっと楽将軍の陰に隠れていたのだが、このときばかりは躍り上がって、呑気《のんき》な足取りで近づいてくる堅気に見えない人を指さした。

魯粛と呼ばれたヒトは、顔をほころばす。

「そういうあんたは荀彧さんじゃな」

この二人にも、楽進・程普と同じ問題が生じます。参謀は前線に出ないからなおさらだけど、まあいいや。

「楽進将軍がお見えじゃっちゅうんで、団子なんぞ召し上がっていただこうと思いましてな。まあどうぞどうぞ」

お付きの女性たちが器を配ってくれる。白玉みたいなお団子と、甘い蜜《みつ》が入っている。

「ん、旨《うま》い！」

さっそくパクついてご満悦のピノを横目に、ピピは丁寧にお礼を申し述べた。

「ご馳走《ちそう》になります。でも、あの、魯粛さんってけっこうな有名人のはずなのに、こちらにいらっしゃるなんてビックリです」

どっかりと座り込みながら、魯粛は大らかに笑った。「そうよ、嬢ちゃんよく知っちよるねえ。ワシは三国志のなかでも通好みのキャラなんよ」

勝手ながら作者は呉軍のヒトたちに、そこはかとなく『仁義なき戦い』的なイメージを抱《いだ》いているものですから、こんな言い回しをさせております。

「一般受けせんから、おぬしも二軍か」

驚く楽将軍に、魯粛はうなずく。

「ワシらの軍にはスターが多いですけん、なかなか一軍に上がれませんわい。それにワシは、〈演義〉で諸葛孔明の引き立て役のコメディリリーフに描かれて以来、どうもそのイメージを払拭《ふっしょく》できませんでなあ」

「こめでぃりりーふ？」

将軍将軍と、ピノは楽将軍の手甲《てっこう》を軽く叩《たた》いた。「それより団子。旨いよ」

煙《けむ》に巻かれた感じで団子を口にする楽将軍である。

「私はムービーに出ているし、NPC《ノン・プレイヤー・キャラクター》友の会にも入っていますよ」

しつこく主張する荀彧に、魯粛は、

「映画ならワシも出よりました。なかなかいい役者がワシを演《や》っちょりましたぞ」

「荀彧さん、大人げないです」

ちくりと忠告しておいて、ピピも団子をひとつ食べてみた。上品な甘みで美味《おい》しい。これもポーレママにお勧めだ。〈あんまん〉よりも冷凍食品に向いてるし。

「時に、蔡瑁《さいぼう》と張允《ちょういん》がそちらに行っちょりませんか」

「おお、来ておる。彼奴《きゃつ》らからこちらの話を聞いたので様子を見に参ったのだ」

「相変わらずこせこせと狡賢《ずるがしこ》い二人組じゃ」程普将軍は不愉快そうに顔を歪《ゆが》める。「やつばらを見つけてすぐに、この鉄脊蛇矛で追っ払ってやりよったのよ！」

またまた剣舞のひと踊り。他の皆さんは団子の器を持ったまま上手に避けました。

「あの二人なら、我らの陣に来てしおしおと釣りをしていましたよ」首を縮めたまま荀彧が言った。「こちらには蔣幹《しょうかん》もいると聞き及びましたが」

すると、程普・魯粛が顔を見合わせた。

「それがのう」

「いたはずなんじゃが」

今朝方《けさがた》から姿が見えないのだ、と言う。

「さんざん周瑜殿の館《やかた》のなかをうろついて、ここにいても仕方がないとかボヤきながら、外に出ていくのを兵卒が見ちょりましたが、以来ふっつりと」

ピピは身体を乗り出した。「蔡瑁さんと張允さんから、呉軍では兵隊さんが何人か姿を消してしまったと聞いたんです。もしかしたら蔣幹さんという方も——」

魯粛は指でチョビ髭を引っ張りながら、小首をかしげる。「どうかのう。兵卒が消えたのは一昨日《おととい》の昼過ぎじゃし、水練中のことじゃけん」

「蔣幹さんは、川辺には近づいていないんでしょうか」

「最後の目撃情報ではな」と程普将軍がうなずき、意味ありげな目をして魯粛を見た。

話していいかと、相談しているみたいだ。

「何かほかにもあるんですか」

魯粛は困り顔になった。「館を出ると、蔣幹は、北側の森へ通じる小道を歩いていったらしい。んじゃから、姿が見えなくなってすぐに、そのあたりを探してみたんじゃが」

森が荒れていたのだ、という。

「そこらの立木の幹がへし折られ、枝が落ちて木の葉が散って、何やら乱闘でもやらかしたような有様でのう」

「しかし、戦闘があったとは思えん。蔣幹は武人ではないぞ」と、楽将軍が言う。「あれは荀彧と同じ、口先だけで生きておる男だ」

「私を一緒にくらないでください。あれは郭嘉と同類です」

口を尖《とが》らせて抗弁する荀彧だが、けっこう怖がりな気質《たち》であるらしく、

「楽将軍、ゲリラが出没しているのではないでしょうか」

目つきも腰つきも落ち着かなくなっている。

「げりらぁ？」

「一人一殺などと標榜《ひょうぼう》し、ひそかに活動しているのかもしれません」

「ならばそのゲリラとやらは、どちらの軍の者なのだ？　呉軍の兵卒を狙《ねら》うなら儂らの

手の者だろうが、蔣幹は一応、儂らの味方じゃ。味方を討ってどうする」

〈一応〉という留保付き。この蔣幹さん、周瑜と付き合いがあったので、曹操の命で周瑜に近づき、騙《だま》して降伏させようとするのですが、逆に策略にはめられて、蔡瑁と張允が処刑される原因をつくってしまったのです。

程普将軍がぽんと手を打った。「ならば、蔡瑁と張允が蔣幹を斬《き》ったんじゃ」

「まあ、可能性ならありますかなあ」

「でも蔡瑁さんと張允さんは、今朝は河のこっち側にいたのかしら」

「奴《やつ》らめ、こそこそしちょるから、わからんのよ」

ちゃっかり団子のおかわりまでいただきながらみんなの議論を眺めていたピノが、ここで挙手をした。

「はいはい、オレ、また根本的な疑問」

一同がピノを見る。

「程普将軍も魯粛さんも、この世界のことや、自分たちが二軍だってこと、すっかり承知してるみたいだね。誰から聞いたの？」

ピノの言うとおりです。

再び、呉の地味将軍とコメディリリーフが顔を見合わせる。

「それがその」

「なかなか言いにくい事情になっちょりましてなぁ」

信じてもらえないだろう、と言う。

ぎゅっと眉《まゆ》を寄せ、何かあったらすぐ逃げ出せるように腰を浮かせたまま、荀彧が険しい声を出す。「もしや、こちらにも郭嘉が現れたりしているとか」

ピノは大きくうなずいた。「あ、オレもその説に賛成。あのヒト、どこにでも出てくるからさ」

「郭嘉？　先年没したそちらの参謀かいな」

「既に死んだ者がなんでまた——」

言いかけて、程普将軍がごにょごにょと口を濁してしまう。

「いや、まあ、そういうことも、ないことは、ないかと」

「何を遠慮してるんですか、程普将軍」

怪しむピピに、魯粛が照れ笑いをした。

「ワシら江東の男は紳士じゃけん、あんたのような女の子を怖がらせたくないんじゃ」

「そのとおり、そのとおり」

程普将軍は重々しくうなずく。そのいかつい顔を、いかつい度では三十パーセント以上も勝ってる楽将軍がじっと見つめる。

「この童子らは伝説の長靴の戦士じゃ。めったなことでは怖がったりせん。程普、事情を話せ」

「しかし、あまりにもあまりなことでな」

「そうそう。ワシらもまだ慣れちょらんくらいです。なにしろ思ってもみんことですけん。今さら若《わか》が」

「呼んだか？」

闊達《かったつ》な声がして、四阿の手すりの上に、ぽんと新しい人物が登場した。ロングヘアをポニーテールふうにまとめて鉢がねを巻き、甲冑《かっちゅう》を着けて腰には大刀、背中には小型の弓と矢筒を負っている。

「若！」

呉軍の二人がぱっと座り直して居住まいを正す。楽将軍は目を剝《む》き、荀彧はその背中に隠れる。ピノピは一瞬ぽかんとしてから、すぐ事情を悟った。

この新キャラの頭の上にも、淡い金色の輪っかが浮かんでいる。しかも浮遊移動キャラだ。

ピノは言った。「あんたも幽霊！」

ピピは言った。「あなたもイケメン！」

「お、わかってるねえ。おまえらどこの子だ？」

この武人は気さくというより爽快《そうかい》、健康。日焼けした若大将タイプで、サーフボード

が似合いそう。

「もう死んでるキャラだけど、偉いヒトなわけね」

ちっとも動じないピノに、程普将軍も魯粛もびっくり顔だ。

「怖くないのか？」

「郭嘉で慣れてる」

これを聞いて、新登場の幽霊武人は、四阿の手すりの上に浮かびながら、器用にあぐらをかいて顔をしかめた。

「あんななまっちろい奴と一緒にしないでくれよ。俺は一軍キャラなんだし」

「若、とな」と確認するように呟き、楽将軍はそうっと幽霊武人を指さすと、急いでその指を引っ込めて、程普将軍ににじり寄った。

「も、もしや」

程普将軍は厳粛に言った。「そうなのじゃ。ほかの誰でもない、孫策様《そんさく》よ」

孫呉の二代目、〈江東の小覇王《しようはおう》〉と呼ばれたイケてるお兄さんであります。

「孫策殿は、赤壁の戦い以前に没されておりますな」

思わず丁重な問いかけをした楽将軍に、孫策はいわゆる〈耳の穴をかっぽじる〉仕草をしながらお答えになります。「そ。だけど人気者だから、死んでも死ななかったことになるんだよ」

「件《くだん》の映画では、我らが殿と若は位牌《いはい》でご出演なさっちょりましたが」

「しかしあなたが二軍とは」

「二軍じゃねえよ、一軍だって言ってるだろ。ただ俺はこの身体だから、あっちこっち自由に行き来できるんだ」

ゲームが暇なときは、こっちの様子を見に来てるんだ、という。

「ここんとこ、うちのプレイヤーが虎牢関《ころうかん》ステージで呂布《りよふ》にボコられ続けでさ。爪《つめ》が割れちゃったし肩は凝るし腱鞘炎《けんしようえん》になりそうだし、もう嫌だってゴネてPS2《プレステツー》の電源引っこ抜いてフテ寝しちまってンだよ」

実話です。

「どうせ一晩寝りゃ機嫌直してまたやるんだろうけど、そんなんで俺も身体が空いてるわけよ。魯粛、俺にも団子くれない？　肉まんと老酒《ラオチユー》ばっかで飽き飽きしてるんだ」

ピピが楽将軍の腕をつかんで揺さぶった。貧血を起こしかけておられる。

「将軍将軍、お気を確かに。こういうのは全部、『真・三國無双』のお話ですからね」

「やや、これはしたり」

「我々にはほとんど意味不明の言ですが、先ほどの疑問への解答は得られましたね」と、荀彧が言う。

「そういうことじゃ」程普将軍がうなずく。

「孫策殿は、同じ立場の郭嘉のことを、既にご存じのようですが」

「知ってる。けど、あいつはゲームには出てねえよ」

ここぞとばかりに荀彧は腰に手をあててそっくり返った。「私はムービーに出てますし、NPC友の会の会員です」

孫策は凶悪な顔をして、唾《つば》を吐かんばかりに言い捨てた。「チョーうぜえんだよな、NPC。人がさんざん苦労して討ち合って、あと一撃で倒せるってとこで割り込んできやがって、アイテムまでかすめてくんだからさ」

荀彧は青くなり、ピピはまた「将軍将軍、大丈夫ですか」と楽将軍を揺さぶらねばなりませんでした。

「と、と、と、ともあれ事情はわかった」

「まことに何ともはや」

程普将軍は気まずそうに咳払いをして、話題を変えようと試みる。

「若、殿はご健勝にあらせられますか」

「親父《おやじ》は元気だよ。出番がないんで、すっかり虎《とら》のブリーダーになっちまった」

「さ、左様でございますか。孫権様は」

「あいつは相変わらず気が短いからさ、しょっちゅうやられちまうんで、どこに行くにも周泰《しゅうたい》が金魚のフンみたいにくっついてる」

女中さんが新しい団子の器を運んできて、魯粛がかいがいしく給仕する。気の利く女中さんはおしぼりも持ってきて、冷汗をかいている楽将軍に手渡した。

「ああ、これは済まぬ」

何とか落ち着いたようです。

「やっぱり旨いなあ。懐かしい味だ」

団子を頬張《ほおば》る孫策は、少年ぽくて可愛《かわ》い。ピピはちょっと見惚《みと》れる。

「本物の世界へ行ってる皆さんには、もっとイケメンもいらっしゃるんですよねえ」

敬語が怪しい。

「俺以上のイケメンなんていねえよ。あ、周瑜は別格かぁ」

「噂《うわさ》によると陸遜《りくそん》様はジャニーズ系だとか」

「ピピ姉ピピ姉、しっかりしろ」

　今度はピノがピピを現実に、いや、ボッコニアンに引き戻した。

「こんなところで神子《みこ》体質を無駄遣いすンなって。オレらはこのボッコニアンを何とかしなくちゃなんねえの。忘れてねえか？」

　魔王とか回廊図書館とか伝道の書とか、いろいろ大事なことが置き去りになってるぞ。

「いいじゃない、せっかくこんな珍しいところに来れたんだもん。孫策様、わたし実は馬超《ばちょう》様のファンで」

「あんな暑苦しいタイプが好きなのか？　やめとけやめとけ」

　孫策は、団子の蜜がくっついてちょっとべたべたする手で、ピピの頭をぐりぐりした。

「悲運の闘将とかいうと恰好いいけどさ、プライベートじゃ気難しい男だぞ」

　そしてあらためてピピの顔を検分すると、「おまえ、将来的に期待できる素材じゃんか。江東は日差しがきついから、紫外線対策を忘れるなよ。今からちゃんとやっとけば、俺の大喬《だいきょう》みたいな美人になれるぜ」

　ピピは舞い上がる。「ホントですかぁ？　嬉しいなあ。郭嘉様にも、五年後ぐらいが楽しみだって言われたんですぅ」

「呼びましたね？」

　呼ばれて飛び出て、郭嘉がまた復活。ピピとピノのあいだに、ぽかんと顔を出した。

「おかえり」と、ピノは言った。「だいぶ遠くまで飛ばされたらしいね」

「ええ。ついでだから我らの本拠地に戻ってみたら、大変なことが起こっています」

何と、と一同は注目した。郭嘉も大真面目な顔をしている。

「程普将軍、魯粛殿。蔣幹が姿を消した現場が荒れていたそうですね」

「ンじゃけど、あんたその話をしとる場におらんかったのに、何で知っちょるの？」

「私は全知全能のキャラなのです」

断言するところが郭嘉流。

「楽将軍」

「な、何じゃ」

「我らの側でも、見回りの兵卒が一人消えました。場所は、今朝方、伝説の長靴の戦士お二人を発見したあたりですが、その様子にただならぬものがあります」

見回り兵士が乗っていた馬が、血を流し脚を折り、瀕死《ひんし》の状態で倒れている。兵士の武器があたりに散らばり、

「そこらじゅう血だらけなのですよ」

ち〜ん。

「そりゃ、調べてみないとまずいな」

孫策がふわりと身を起こした。

「こっちは平和で退屈なだけだと思ってたのに、何か起こってるみたいじゃねえか」

ところで——と、あさっての方向を向いて大声を出す。

「作者に訊《き》くけど、この章の副題の〈赤白《せきはく》の戦い〉ってどういう意味だい？」

その説明は次節に持ち越し。作者は趙雲《ちょううん》使いだし、孫呉では妹の尚香《しょうこう》が好きなもんで、孫策様に話しかけられてもあんまり舞い上がらなくってごめんなさいね。

第6章
二軍三国志
——赤白の戦い・3

血なまぐさい。

作者も、まさかこのボツのなかでこんな表現をすることがあるとは思っておりませんでしたが、確かに郭嘉の言うとおり、魏軍《ぎぐん》の見回り兵士が姿を消した現場には、何事かが惹起《じやつき》したただならぬ雰囲気と、血の臭《にお》いが漂っていた。

「行方知れずになった兵卒は、一人で見回りをしておったのか？」

地面に片膝《かたひざ》をつき、血痕《けつこん》と馬の乱れた蹄《ひづめ》の跡を検証しながら、楽将軍が尋ねる。

浮遊しながら、郭嘉がふわりとうなずいた。

「左様でございます。見回りは必ず二人一組で行うという決まりに反しておりますが、事情を聞いてみたところ、この兵卒は、相方と共に一度見回りに出て戻り、その後に」

——妙なものを見たような気がするので、確かめてみたい。

「と、一人で出直したそうなのですよ」

呉軍の皆さんにはとりあえず自陣に残ってもらい、ピノピたちが急いで引き返してくるあいだに、瀕死《ひんし》の馬は現場から運び出されていた。牧場育ちのピピは、馬の身を案じて心配顔だ。

一方のピノは、ここまでの展開では食欲を発揮する以外はだらけっぱなしだったのが、やっとサスペンス要素が生じてきたので、少ししゃっきりした。楽将軍の傍《かたわ》らに立ち、腰に両手をあてて周囲を見回している。

その心の内には、ある思いがあった。

——オレもまともな武器が欲しい。

新規の登場人物たちに心理的な余裕がなかったのか、はたまた単に作者が描写をサボっていたのか、ともかくいまだに誰にも突っ込まれていないけど、ピノはずうっと腰にフライ返しを装備しているのである。武器も防具も完全装備の楽将軍と比べると、その珍妙さが今さらのように身に染みるのでございます。

「妙なものを見た、か」

怪訝《けげん》そうに呟《つぶや》いて、楽将軍は立ち上がる。

「相方に言うのが憚《はばか》られるほど妙なもの、見間違いであったら恥ずかしいと思うほど面妖《めんよう》なものなので、一人で確認に出向いたということでしょうか」

郭嘉もちょっぴり眉《まゆ》をひそめている。

「どうかな。その〈妙なもの〉が、兵卒たちの行方不明と関《かか》わりがあるかどうかもわからん。だが、一度しっかり調べるべきだろう」

「と、おっしゃいますと」

荀彧《じゆんいく》が、ふわふわする郭嘉を邪魔そうに押しのけながら前に出た。

「儂《わし》らがまだ察知していないだけで、ほかにも姿を消している者がおるのかもしれん。儂らはここで目覚めて以来、何かと戸惑うことばかりで、兵卒はともかく、下働きの者たちまでは人数を把握しておらん状態だった」

「そうですね。総員点呼をしてみる必要がありそうです」

「合わせて、その〈妙なもの〉の目撃者も探してみてはいかがでしょうか」と、郭嘉が口を出す。「意外といるかもしれません」

「どうやって聞き出すのだ。〈妙なもの〉を見たことがあるかと訊《き》くのか？」

「それで充分じゃありませんか」

「バカバカしい。妙だといったら、自分がいちばん妙なくせに」

「私は幽霊ですが、在りし日の姿とほとんど変わっていません。誰が見ても私、郭嘉だとわかる。ちっとも妙ではありません」

「ふん、頭に輪っかなんか載せて」

「そんな憎々しい言い方をなさると、また空箱を出しますよ」

睨《にら》み合う二人の参謀を、楽将軍が大きな手で引き離した。

「それより総員点呼だが、やる以上は我々の陣だけではなく、呉軍にも実施してもらわねばいかん」

「あっちにも行方不明者が出てるんだもんね」と、ピノも言った。「蔣幹《しょうかん》ってヒトが消えた現場は、やっぱり荒れてたっていうし。何が起こってるにしろ、原因は一緒なんじゃないかな」

「童子《わらし》、いい事を言う」

せっかく楽将軍が褒めてくれたのに、荀彧はクサす。「楽将軍ほどのお方が、こんな子供の意見を容《い》れてどうなさるおつもりです。呉軍のことなど放っておいてかまいません。敵なのですよ」

「いいや、敵ではない」

楽将軍はきっぱり言い放つ。

「本物の世界に行けず、ここに取り残されておる我々は、等しく仲間じゃ。二軍同士で相争うことに何ほどの意味があろうか。それより互いに手を携え、この奇妙な場所で生き抜くことを第一に考えるべきである」

荀彧がたじろぎ、郭嘉はにやりとした。

「ならば楽将軍、私にひとつ献策がございます」

「聞こう」

郭嘉は目を転じて、丘の上から長江を見渡した。

「連環《れんかん》の計を用いるのです」

きょとんとするピノピの前で、たちまち荀彧の顔が真っ赤になった。

「郭嘉、何を言う！　連環の計こそは、我らの大敗の原因ではないか。敵の甘言《かんげん》に乗せられてあの奇策を容れたために、我らは」

チッチッチと、郭嘉が舌を鳴らした。そしてにっこりしながらピノピの顔を見る。

「連環の計っていうのはね、我々の水軍の船と船を金具でがっちりとめて繋《つな》げて、揺れないようにする策のことなんだ」

赤壁の戦いの際、水上戦に慣れない魏の将たちや兵士たちは、ひどい船酔いに苦しめられて力が落ち、士気も下がってしまった。それを防ぐための方策だという。

「その結果、確かに船酔いは減ったんだけど、呉軍から火計を仕掛けられたとき、とっさに退避することができなくなってね。船団がひとまとめになったまま、がんがん焼き討ちをくらっちゃったってわけなのさ」

魏軍の船団の壮大な焼かれっぷりをご覧になりたい方は、映画『レッドクリフ』をどうぞ。

「丞《じょう》相《しょう》にこの献策をしたのは、呉の回し者の龐統《ほうとう》っていう軍師でね、諸葛孔明のお仲間。敵ながら天晴《あっぱ》れな作戦だったけど、私が生きてたら見抜いてたのになあ」

それはもうわかったってば。

「今度の連環の計は、それとは違うのですよ。船を繋げて橋にしようというのです」

何と――と楽将軍も驚いた。

「我らの船団も呉軍の船団も、ここにあるのは、あちこち壊れて使い物にならぬものばかりです」

「時代考証が間違ってるとかね」と、ピノが言い足す。

「左様。それでも幸い、水には浮きます。ならばこの目的の使用には耐え得《う》るでしょう。橋ができれば、対岸との往来がぐっと楽になります。人員や物資の移動にも便利でしょう」

「なるほど、な」

楽将軍も水辺の巨大船団（但《ただ》しズタボロ）を見回し、その数に目を細めた。

「両軍の船を合わせれば、何とかなるかもしれん」

「この計の指揮は私にお任せください。私はこの身体《からだ》、自在に呉軍と行き来することができますので、あんな風貌《ふうぼう》のくせに優れたゼネラリストの魯粛殿と語らって、早急に事を運んでお見せいたします」

つるつる述べる郭嘉の右肩の上に、ぽんとトリセツが登場した。

「わたくしもお手伝いしますよ」

郭嘉は喜んだ。「ああ、ぜひそう願います。共に働きながら、我々の親交も深めることができますね」

「親交を深めるというのならば、郭嘉よ」と、楽将軍はあらたまった感じで呼びかける。「何とかして呉軍の張昭《ちょうしょう》殿と面談してきてくれんか。あの御仁は孫呉の文官の長じゃ。今後の手立てを相談するには、話を通しておいた方が何かと都合がよかろう」

「ああ、おっしゃるとおりですが」郭嘉は首をかしげる。「考えてみれば不思議なのですが、今まで、あちらで張昭殿の姿をお見かけしたことがないのですよ」

「どこぞに籠《こ》もってでもいるのだろう。張昭殿は丞相の威風と我が魏軍の威勢の強大なることを正しく知り、主公・孫権殿に我らへの恭順を説いた降伏派の筆頭じゃ。戦《いくさ》ばかりの本物の世界へスカウトされておるわけがない。必ず二軍におる」

楽将軍の現状認識は身も蓋《ふた》もないほどに率直である。ちょっと補足しておきますと、曹操軍が孫呉を併呑《へいどん》しようと南進し、孫権宛《あて》に宣戦布告的な手紙を送りつけたとき、呉のなかは「ふざけんじゃねえ、返り討ちにしてやる」という〈開戦派〉と、「多勢に無勢とはこのこと、戦ったってかなうわけないんだからとっとと恭順しましょう」という〈降伏派〉の真っ二つに分かれました。このとき、降伏派のトップとして孫権に「無理で無駄な戦をして民を苦しめるな」と説教をぶちかましたのがこの張昭というヒトだったのです。張昭は文官として孫呉に仕えたおじいさんキャラで、孫権もこのオヤジにはまったく頭が上がりませんでした。その孫権の戦意に火をつけ、赤壁開戦へと持ち込んだのが〈開戦派〉の三国志一いい男、美周郎《びしゅうろう》こと周瑜であったわけでございます。

「あいわかりました。早速とりかかります」

トリセツを肩に載せて消えようとした郭嘉の裾《すそ》を、荀彧がむんずとつかんだ。

「しばしお待ちください、楽将軍。この場限りのこととはいえ、二国の行く末に関わるそれほど大事な交渉を、このようなうさんくさい者に託すのはいけません。ぜひ楽将軍御自《おんみずか》ら外交文書をしたため、この私にそれを託して遣わしてください」

「荀彧さん、大人げない」と、ピピがまた小声で嘆く。

郭嘉は大真面目《おおまじめ》な顔になった。「荀彧殿、あなた、ご気分が悪くはありませんか」

「何を言う。また空箱を出そうというのか」

「今はふざけている場合ではありません。私は真面目に訊いているのです。悪寒《おかん》や嘔吐《おうと》、発熱などが起こっていませんか。あなたは無事でも、我らが陣にはそのような症状でぐったりしている兵卒どもが大勢いるのではありませんか」

ピノピは顔を見合わせた。確かに、元気に動き回っている兵隊さんは少ないし、全体に意気消沈している。

「ここが二軍だからじゃないの？」

「そうそう、こっちにいる兵隊さんたちは怪我人が多いし」

「いいや、それだけではない。疫病のせいなのだ。楽将軍もご存じでしょう。南進の拠点・江陵《こうりょう》にいるころから、皆のあいだにこの症状は広まり始めておりました」

「だから、それは船酔いだ」と、荀彧が突っ張る。

「ただの船酔いなら、いい加減に慣れてもよさそうなものではありませんか」

返答に詰まる楽将軍に、郭嘉はたたみかける。

「この疫病に倒れる兵卒は、これからまだまだ増えて参ります。史上、赤壁で丞相が撤退したのは、この疫病によって魏軍が内部崩壊しかけたからだという通説が生まれるほどに、猖獗《しょうけつ》を極めるのです」

ピピがちょっとぶるりとした。

「この疫病は、端的に申し上げて江東の風土病です。ものを知らぬ作者は勝手にインフルエンザだと思っているようですが」

はい、そう思い込んでいました。

「遠い未来の歴史家の分析によれば、これは住血吸虫症《じゅうけつきゅうちゅうしょう》というもの。寄生虫により引き起こされる江東独特の病で、北方から遠来した我々には経験がありません。正しい治療法もわかりません。華佗《かだ》先生がおられればまだしも、どうやら先生はそのお名前が本物の世界で回復アイテムの名称に採用されているという一点を以《もっ》て二軍落ちを免れているらしく、探しても探してもお姿が見つかりませんから、あてにはできない。我々だけで何とか対処するしか術《すべ》はないのです」

華佗先生とは、三国志に登場する伝説的名医です。いろいろなエピソードで有名武将の手当てをしていますます。偏頭痛持ちだった曹操もお世話になってました。

「して、呉軍にはその対処法があるというのか？」

「病を避けるための予防法を知っているはずです。彼らがそれと意識していなくても、この地に馴染《なじ》んだ者の習慣が疫病を避けているのかもしれません。いい虫下しもあるかもしれません。そうした知見を得るためにも、ぜひとも我らは協力し合わねばなりませんし、それには一分一秒が惜しいのです」

いたって真面目な正論で、さすがに荀彧も言い返せない。郭嘉の服の裾から手を離すと、まだちょっぴり悔しそうながら、言った。

「わかった。おまえに託そう」

「行ってまいりまぁす」

空気を読まないトリセツの明るい挨拶《あいさつ》を残して、うさんくさい浮遊コンビは消えた。

楽将軍は、うなだれている荀彧に命じる。

「荀彧、おぬしは総員点呼と聞き込みにあたってくれ。儂は元気のいい兵卒どもを束ね、警備隊を組織する」

「は、はい、かしこまりました」

「童子ら、荀彧を助《す》けてやってくれぬか。面妖なものの目撃談の聞き込みとなると、そなたらのあどけない顔が役に立つ。皆、口を開き易《やす》くなろうよ」

「了解！」と、ピノピは敬礼した。

これまで旗色の悪かった荀彧だけれど、事にあたってはてきぱきと俊敏だった。的確に部下を使い、ほどなく、魏軍の本拠地にいる二軍メンバーの人数が判明した。さっき消えた兵士のほかにも、これまでに、下働きの女性が二人と、大きな戦があるから儲《もう》かりそうだとあてこんで魏軍についてきた旅商人の一行三人が、忽然《こつぜん》と姿を消していることもわかった。旅商人たちが消えたのは山中の森のなかで、下働きの女性二人は水辺で洗濯中だったという。

「行方知れずの者が出る場所は、水辺に限らず、陸《おか》の上とも限らないわけだな」

「つまり、どこでも起こるってことだね」

ピピは難しい顔をしている荀彧に笑いかけた。「荀彧さん、少しは機嫌が直りました？　そうやってきびきび働いてるとカッコいいですよ。うちの作者は郭嘉様のファンなので、えこひいきしてるの。気にしないで」

「ファンって、なあ」

本営の通路で足を止め、荀彧は小さくため息をついた。

「キャラの好き嫌いというのは、理不尽なものだ。作者はどうして郭嘉が好きで、私が好きではないんだ？　イケメン、イケメンと連呼しているが、史上で〈風貌優れている〉と評されているのは私の方だし、私は名家の出身だし」

「あ、うちの作者、ぼんぼんは苦手なんだ」

「そんなこと、私にはどうしようもないよ」

「人生、大方そうですってば」

十二歳の子供に説教される参謀。

「そもそも、〈歴史を記述する〉ということ自体が根本的な理不尽さをはらんだ行いなのだな。後世の者ならば、そりゃ何でも正しく見定めることができるだろう。しかし、その時代を生きている我々には、今できることをするだけで精一杯なのだ」

「今の台詞《せりふ》、すごくいいとこ突いてるから、そんな僻《ひが》みっぽい顔して言わない方がいいと思います」

屈折しがちな参謀を前に立てて、ピノピは聞き込みにいそしんだ。楽将軍の推察どおり、ピノピがくっついていてあれこれ尋ねる方が、兵士たちもその他の人びとも、気軽に答えてくれるようだ。

「面妖なものってのは、どう面妖なんで？」

「わたくし、朝に晩に郭嘉様にお目にかかっておりますが」

「あいつは省いて、それ以外に面妖なものを見たことはないか？」

「そういえば、丞相がここに陣を構えたころにはそこらをうろついていた山犬が、このごろは一匹も見当たりません。私が面妖だと思うのはそのくらいですが」

ふむふむと、荀彧はメモをとる。

「うなり声のようなものを耳にしたことがございます。てっきり楽将軍のいびきだと思っておりましたが」

「どんなうなり声ですか？」

「蛙《かえる》が潰《つぶ》されたような……」

楽将軍、気を悪くしそう。

「夜中に小用を足しに外へ出ましたところ、風もないのに、近くの森の木立がざわめいていたことがございます。枝がぴしぴし鳴っており、何やら薄気味悪いようでした」

厩番《うまやばん》の兵士は、何かで急に馬が怯《おび》えていなくことがあると教えてくれた。水辺で作業することの多い下働きの女性たちは、しばらく前から、目の下三尺ほどもありそうな大きな魚の頭が喰《く》い千切られて、ぷかぷか浮いているのを何度も目撃したという。

物見の兵士は、興味深い証言をした。長江のなかほどに、この本営ほどの大きさがある真っ黒な影を見たことがあるというのだ。

「おそらく魚群でしょう。いくら長江が大河であっても、あんな大きな魚がいるわけはありません」

さらにもう一人の物見は、こんなことを言う。「面妖だと言うなら、私が見たものは、およそこの世のものとは思えませんでした」

森のなかを、巨大な三本脚のタコが歩いていたというのである。

「脚が三本ですから、無論、本物のタコではありません。ただ形としてはタコに似ているという意味です」

ピノピが身を乗り出したので、荀彧が驚いた。「何か気になるのかね？」

「いいえ、こっちの事情です」笑ってごまかし、ピピは訊いた。「そのタコ、はっきり見えました？　それともちょっと透き通ったような感じがしませんでしたか」

物見の兵士は飛びつくようにうなずいた。「うん、そうなんだよ。まるで水の塊《かたまり》のように透き通っている感じなんだ。そこに陽《ひ》の光が映っていて、なのに、向こう側が透けて見えるわけではないんだよ」

「そんな面妖なことがあるか？」荀彧は怪しんで鼻を鳴らした。「透き通っているのに透けて見えるわけではないなどと」

「いえ、あるんです」と、ピピはこっそり言ってピノとうなずきあった。

「ボッコちゃんだ！」

「そうね、博士が来てるのね」

「何であのおっさんがここに？」

「あっちこっち旅してるうちに、たまたま迷い込んじゃったんじゃないの」

もしかすると、ルイセンコ博士も〈あんまん〉ファンなのかもしれない。

「まあ、いいや。博士は関係ないんじゃない」

「そうかな。ピピ姉、忘れてねえ？　カラク村の村長凶暴化騒動も、結局は博士のせいだったじゃねえか。ここの人間消失事件も、博士がやってるのかもしれないぞ」

「何のために？」

「人体実験」

ルイセンコ博士ならやりかねない感じがするからこそ、ピピはあんまり考えたくない。

「伝説の長靴の戦士とやら、何をひそひそ話しているんだ。これでひととおり聞き込みは終わったぞ。私は楽将軍に報告してくる」

「じゃ、オレらは連環の計の様子を見に行ってきます」

本営を出て広場を抜けてゆく。点呼が済んで、警備隊以外の兵士たちは、みんな桟橋に集まっていた。船を動かし、三列に並べて繋いでゆく作業が始まっている。

ピノピは身軽に船団の端までぴょんぴょん移動して行った。対岸でも同じように船が動き始めている。真っ赤な軍旗が翻《ひるがえ》っている。

「よお、そっちはどうだ？」

ぽん！　と孫策が登場。

「あ、若様」

脊髄《せきずい》反射的に可愛い子ちゃんモードになるピピである。

「郭嘉が上手《うま》く話をつけてくれたみたいだね」

孫策は笑って、ピノの頭を軽く叩《はた》いた。

「あいつはホントに口が上手いからな。しかしおまえ、幽霊とはいえ魏軍の参謀をつかまえて呼び捨てにはするなよ。せめてカクちゃんと呼んでやれ」

江東の小覇王の仰《おお》せなので、以下、〈カクちゃん〉を採用いたします。

「口が上手いっていったら、おまえらの従僕のトリセツって奴《やつ》も、相当なもんだ。張昭のオジキに取り入っちまったぞ」

「張昭さんって、やっぱりこっちにいたんですか？」

孫策はうなずき、磊落《らいらく》な感じで頭を掻《か》いた。「張昭のオジキには俺もさんざん世話になったし、親代わりみたいなところもあってさ。あれで、政治家的な腹芸が得意なだけじゃない、実は負けずぎらいの熱い江東の男だってことはよくわかってるんだけど」

困ったもんだよ、という。

「どうかしたんですか」

「オジキもここが二軍の世界だってことは理解しててな。うちも主力を欠いてるが、魏軍も同じで、曹操側にも主立《おもだ》った武将も軍師もいないってわかってる。そしたら」

「そしたら？」

「ごりごりの開戦派に鞍替《くらが》えしちゃってさあ。程普と魯粛がどんなに説得しても、戦だ戦だって言い張って聞かねえんだ」

しょうがないから、陣屋の奥に、厳重に隔離しているのだそうである。どうりでカクちゃんが探しても見つからなかったわけだ。

「ンで、トリセツがくっついて茶飲み相手をしてくれてるってわけよ」

トリセツ、茶飲み話は得意中の得意です。

「難しいですね」ピピはため息をついた。「状況が変われば、意見が一八〇度変わっちゃうこともあるんだ」

「そうそう。あ、今のは合いの手で、曹操のことじゃねえぞ」

剽軽《ひょうきん》な口調ながら、〈曹操〉と口にするとき、孫策の目は明らかに怒っていた。

ピノは遠慮なく突っ込む。「若さん、丞相が嫌いなのか？」

「すけべオヤジだからな。他人様《ひとさま》の大事な花に手を出そうとしやがって」

ピピがぱっと目を瞠《みは》る。「それって、赤壁の戦いは、曹操が美人で名高い喬《きょう》姉妹を手に入れようとしたから起きたんだっていう説でしょう？」

「おうよ。大喬は俺の愛《いと》しい妻《つま》だ。小喬《しょうきょう》は周瑜《しゅうゆ》の妻だぞ。許せるもんか」

「お気持ちはわかりますけど、わたし、それは作り話だって聞いたことがあるんですよ。

後世のヒトが、曹操を実際以上のスケベな悪者にしようとして、諸葛孔明にその説を唱えさせたんだって」

孫策は凛々《りり》しい眉を吊《つ》り上げる。「作り話だとしても、根も葉もねえわけじゃないだろ？　それに、記録されてることなら事実と同じだ。歴史ってそういうもんじゃねえか」

そのとき突然、どこからか朗々とした声が響いてきた。

「そこな歴史を語る者どもよ」

驚いて、浮遊しつつも身構えた孫策に、ピノが言った。「うちの作者、今度はナレーションを使い始めたみたいだよ」

ピピもうなずく。「大河ドラマの真似《まね》っこね」

すると朗々たる声が応じた。

「儂はナレーターではない」

声は上の方から降ってくる感じ。とりあえず青空を仰ぎ、ピノは大声で問い返した。

「だったらあんたは何者だ？」

おや、何だか含み笑いのような音声が聞こえてきます。

「儂に名乗れというのかね。ならば答えよう」

一拍の間があった。

「我が名は陳寿である！」

ち〜ん。

孫策がピノピに問う。「チンジュって？　村の鎮守様のことか？」

「違うわい！」

蒼天《そうてん》全体がぶるぶる震えるようなお声であります。ピノと孫策は思わず耳を塞《ふさ》ぎ、ピピは飛び上がった。

「陳寿さんて、三国志を書いた人だわ！」

満足そうに、蒼天が笑う。

「正解じゃ。そこの者ども、この話の取るに足らぬ作者が先に記した〈三分でだいたいわかる『三国志』〉を思い出すがよい」

わあ、大変。ピピは姿勢を正して天上へと呼びかける。

「陳寿様、わたしたちに何か御用ですか？」

「取り立てて用があるわけではないが、そなたらが歴史について語っておるので、思わず参加してしまったのよ」

「誰も語ってねえぞ、そんな面倒なこと」

「いや、あんたが語ってた」

こそこそ言い合うピノと孫策にはかまわず、ピピは丁寧に一礼した。

「それはありがとうございます。でも、あの、ここは貴方《あなた》のお書きになった三国志とはゼンゼン別の世界っていうか、問題外っていうか、変則的なところですから、あんまりお気に召さないと思うんですけど」

「そ、なにしろ二軍の集まりだから」

同調してから、ピノははたと気づいた。

「ピピ姉」

「なぁに？　あんた、気をつけぐらいしなさいよ。陳寿さんていったら、三国志にとっては神様みたいな存在なんだから」

「神様かもしンないけど、こっちにいるぞ」

んんん？

「だから、はっきり言うと——」

ピノに先んじて、天を仰いで孫策が、これ以上ないくらいはっきり問いかけた。

「ってことは、あんたも二軍なのかぁ？」

再び、ち～ん。

「そうか、そうか、そうだよなあ。俺らのバトルに、三国志の作者が出てきたことなんかねえもん」

孫策は光よりも速く納得してしまった。

「ゲームやドラマや映画には、活字の原作者は無用の長物だったりするもんなぁ！」

この発言に、取るに足らない本作の作者の個人的な感情が含まれていると深読みしてはいけません。いえ、含まれてないこともないんですけど。

ピノは天を仰いで大声で言った。「要するに、暇で退屈だからちょっとかまってほしいってこと？」

「失礼よ。せめて、歴史について語り合いたいと言って差し上げなさい」

ピピは慌てているけれど、天上から聞こえてくる陳寿さんの声は笑っている。

「まあ、そういうことよ。ただ、儂は立場上、そなたらと同じ人の姿をして地上に降りるのはちと憚られるのでの。このように声だけの出演にしておく」

「どっちでもいいけどさ」

ピノが笑った、そのとき。

「待たれい！」

今度は別の声だ。ピノピたち三人の足元、つまり広大な長江の水面《みなも》を渡って聞こえてくる。

「あなたはどなたですか？」

ピピが口元で手をラッパにして、青々とした大河の流れに問いかける。

「私の名は羅貫中だ」

さあ、また〈三分でだいたいわかる『三国志』〉を思い出してくださいね。

「三国志演義を書いた方ですね！」

〈正史〉と〈演義〉、両方の著者が二軍三国志の世界に揃《そろ》い踏み。

天上から声が轟《とどろ》く。「なに、羅貫中だと？　儂の記した正史をねじ曲げ、好き勝手に脚色して大衆の興味の餌食《えじき》にしくさった売文家の分際で、この者らの前で神を気取ろうというのか」

水面に声が響き渡る。「この私を売文家呼ばわりするとは恩知らずにもほどがある！　貴方の記した正史だけでは、三国志がこれほど多くの民に親しまれ、長く読み継がれることなどなかったはずです」

天地鳴動の景色であります。

「喧嘩《けんか》してるぜ」

孫策が呆《あき》れて、それからニッと笑った。

「ちょうどいいや。船団を繋いで橋を作ったら、動ける兵卒たちを集めて、訓練がてらにその上で紅白戦をしよう。あ、場所が場所だけに、赤組と白組にした方がいいか」

だから〈赤白《せきはく》の戦い〉なんです。ちょっとでも〈赤壁〉に引っかけようとする、作者の涙ぐましい努力。

「赤白に分かれて戦うんですか？」

「そ。赤組は陳寿を、白組は羅貫中を大将に押し立てて、陣取りゲームをやったらいいじゃんか」

孫策は腕組みし、豪快に笑って呼ばわった。

「著者のお二人さん、それでいいか？」

「おお、いざ戦わん！」

「私は負けませんぞ！」

いいのかなこんな展開で。

第6章
二軍三国志
——赤白の戦い・4

「戦《いくさ》はいかん！　戦をしてはならん！」

蒼天《そうてん》と長江のあいだに、大手を広げて割って入ったのは楽将軍である。

「我らは戦ってはならんのじゃ。共に手を携えて生き抜かねば」

「堅いこと言うなよ。紅白戦——じゃなくて赤白戦ぐらいいいじゃんか。模擬戦闘なんだから」

「なりません！」

口を尖《とが》らせる孫策を、一応は丁寧な言葉で叱《しか》りつける。

「はいハイは〜い」と、ピノは手を上げ、それだけじゃ足りなくてぴょんぴょん跳ねた。

「オレ、提案があります！」

「どのような提案だ？」

「言ってごらん」

陳寿と羅貫中が、それぞれに重々しくご下問《かもん》になる。

「クイズで勝負したら？」

ピノは一同にニパッと笑いかけた。

「クイズぅ？」

「そ。陳寿のじいさんと羅貫中のおっさんに、交代で問題を出してもらうんだ。じいさんとおっさんだからこそ出題できる、うんと専門的な問題を」

「何故《なにゆえ》に儂《わし》がじいさんで、羅貫中がおっさんなのだ？」

遥《はる》か蒼天の高みから、そんなことを気にする陳寿さんです。

「だって、あんたの方が昔のヒトじゃん」

そんなことは置いといて、

「ソンでさ、ポイント制で勝負をつけるんだ。どう？」

すると、呉軍の側の連環の計実施中の船の先端から、川面《かわも》を渡って声が呼びかけてきた。

「そりゃ名案じゃぁ〜」

見れば魯粛である。隣に程普もいる。この騒ぎに駆けつけたものらしい。

「童子《わらし》、いいことを言うのう」

どこから調達してきたのか拡声器を使って、魯粛は大声で続けた。

「じゃが、ポイントの取り合いだけじゃつまらん。正解した側は、そのたびに五隻ずつ船を繋《つな》げる権利を得ることにせんか？　先に長江の真ん中を越えるところまで船の橋を延ばした方が勝利するっちゅうわけよ」

おお、なるほど。

「陳寿殿と羅貫中殿には、〈マル〉か〈バツ〉で答えられるクイズを出していただく。両軍の出場者は、〈マル〉の場合はおのおの赤い小旗をかかげる。〈バツ〉の場合は白い小旗じゃ。正解者が多い方が勝ちとなる。わかりやすかろう？」

さすが呉軍のゼネラリストだ。しかも耳がいいです。

「十番勝負といこう！」と、程普も朗々と声をあげた。

「いいですか、陳寿さん、羅貫中さぁん」

ピピが問いかけると、蒼天が先に応じた。

「では、儂は魏軍《ぎぐん》の総大将に」

長江の水面が光る。「私は呉軍の総大将となりましょう」

「おのおの五問ずつ出題する。互いに、自軍の出場者に有利になる問題を出すことができる。それでよかろう」

孫策は不満顔だ。「俺のイメージしてた赤白戦と、かなり違うんだけど」

「いいじゃありませんか。このへんが落としどころですよ」

「それでは両軍、人員を集めよ。準備にかかれ！」

楽将軍の大号令がかかった。

ピノはしたり顔である。「名案だろ、ピピ姉。これでオレ、手っ取り早く三国志雑学博士になれるってもんだ」

そういう腹づもりだったのか。

ピピは笑ってしまった。「そう簡単にはいかないと思うけど、でも何たって〈正史〉と〈演義〉の著者が出題者になるんだからね。三国志の虚実にまつわる興味深い問題がいっぱい出てくることは確実だわね」

みんな準備に大わらわだ。ピノピもそのなかに交じり、出場者たちに配る赤白の小旗を作るお手伝いをした。怪我《けが》や病気で休んでいた兵士たち、下働きの女性たちも参加するので、両岸に大勢の人びとが集まってくる。

お手伝いを終えると、ピノピは魏軍の物見台の上に陣取った。ここなら広く全体を見渡すことができる。

「準備が整ったようですね」

ぽん、と郭嘉が現れた。トリセツも一緒だ。

「うん。張昭っておっさんは？」

「ティータイムを終えてお昼寝中です」トリセツが言って、大あくびをした。「わたくしもおねむになってきました」

「寝ろ、役立たず」

郭嘉は、物見台の上を渡る風にふわふわしつつ、顎《あご》をひねりながら両軍の様子を見回して、笑みを浮かべている。

「面白い勝負になりそうですね」

その顔を、ピピが怪しむような目つきで仰いだ。

「あのねえ、カクちゃん」

「何でしょう、五年後の〈沈魚落雁《ちんぎよらくがん》・閉月羞花《へいげつしゆうか》〉の君」

「——落雁はボソボソしてるから嫌い」

「それは失礼。どうしたのです、そんな目をして」

ピピは、てんでに赤白の小旗を手に、クイズ十番勝負の開始を待ち受ける魏軍の人びとをちらりと見回し、声をひそめた。

「さっきから皆さんがいろんなことを言ってるんだけど、すっごく気になるの」

以下、これまでピピの耳に飛び込んできた、魏軍のその他大勢の皆さんの呟《つぶや》きです。

「クイズって言われてもなあ」

「勝負になるのかしらねえ」

「うちの丞相《じようしよう》は、呂伯奢《りよはくしや》さん一家を皆殺しになさってなんかないんだろ?」

「麦畑に踏み込んだっていうのもどこまでホントだか」

「それより俺は、憧《あこが》れの歌姫・貂蝉《ちょうせん》様がエア娘だっていうのがショックですよ」

「モデルになった侍女はいたらしいぞ」

「楽将軍だって、本当は病気で亡くなるんだよな？　濡須口《じゅしゅこう》の戦いで、呉の甘寧《かんねい》に顔を射られた傷が障りになったっていうのは、〈演義〉の作り話だって」

「立派な方なのに地味だから、死に際ぐらい派手にしてやろうと、羅貫中さんが華を持たせてくれたんですよ」

「だいたいこの赤壁の戦いだって、諸葛孔明が丞相のご子息、曹植《そうしょく》様の『銅雀台《どうじゃくだい》の賦《ふ》』をねじ曲げて解釈して、美周郎を発憤させなかったら起きなかった戦なんだろ？」

「ねじ曲げたっちゅうか、ありゃ嘘《うそ》っぱち」

「〈正史〉と〈演義〉であんまり記述に差がないのは、蜀《しょく》の趙雲ぐらいだそうだね」

「あの方は清廉《せいれん》な人柄だから」

「下手《へた》っぴにも扱いやすい万能キャラだし」

ピピが冴《さ》えない顔をするのも無理はありません。

「——ここの皆さん、なぜかしら三国志のことも、〈正史〉と〈演義〉の違いも（ついでにゲームのキャラの特性も）知ってるみたい」

「へえ、そうですか。不思議なこともあるものですねえ」

郭嘉、空とぼける。ますます怪しい。

「全知全能のカクちゃん、あなたのせいじゃないの？　ここでヒマこいてるあいだに、皆さんにいろんなことを吹き込んでたんじゃないの？」

「どうして私がそんなことを」

「面白がって」

「いいじゃありませんか」郭嘉は開き直ってにっこりした。「情報は害になりません。こんな運びになったらなおさら、皆がいろいろ知識を持っていた方が有利ですよ」

「そうかもしれないけど——呉には呉で幽霊さんがいるから、あなたと同じようにみんなに知識を与えてるって可能性もあるんじゃない？」

「あ、その心配は無用です。江東の小覇王は、脳みそまで筋肉でできてる人ですから」

パンパンと乾いた音がした。青空と碧《あお》い水面に響き渡る。爆竹だ。

「さあ、勝負が始まりますよ」

長江の両岸にも、それぞれの側から建造中の船の橋の上にも、人、人、人が群れている。こんなに大勢いたのかと驚くほどだ。

「先攻は儂じゃ」

蒼天から陳寿の声が響いてくる。

「これから第一問を出題する。両軍、心して聞き、答えるがよい。儂の言うことが正しく事実であると判断する者は赤い小旗を、虚偽であると判断する者は白い小旗を掲げよ」

おお！　と、鬨《とき》の声があがる。

「第一問」

陳寿の重々しい声音。ピノピは固唾《かたず》を呑《の》んだ。集まった人びとも、一瞬静まりかえる。

蒼天は高く、長江はどこまでも広い。

この美しき赤壁。熾烈《しれつ》な戦いの舞台。

「人類は月面に着陸しておらん！　アポロ計画によって月面で撮影されたという映像はすべて特撮である！」

ど～ん。

「三国志じゃないじゃん！」

しかも、専門的というよりはカルトな設問です。

両軍の人びとが一斉に、赤白の小旗を掲げて振って解答を示した。ピピは物見台から転がり落ちそうになる。

「あんたたち、何で答えてンのよ！」

魏軍は赤白まだら。呉軍は真っ赤っかだ。

パンパン！　また爆竹が鳴る。

「第一問、正解はバツ。白旗の多い魏軍の勝利！」

今まででいちばん朗々としたこの声は、荀彧《じゅんいく》だ。

「あんたも何で仕切ってんのよ！」

ピノは、今度は物見台から飛び降りそうな勢いのピピの首根っこをつかまえた。

「ピピ姉、あぽろってどこの将軍だ？」

「第二問」

今度は羅貫中の番だ。

「フリーメーソンは世界征服を企《たくら》む悪の秘密結社であるという俗説は、典型的な陰謀論である！」

また赤白の小旗の群れがさわわっと動く。今度は魏の方が真っ赤だ。

「第二問、正解はマル。魏軍の勝利！」

「だから、三国志と関係ないって言ってンじゃない！」

「ピピ姉、手すりに嚙《か》みつくな」

郭嘉は呵々大笑《かかたいしょう》。「やあ、快調快調」

「第三問」

蒼天からまぶしい光が注ぎ、陳寿の不敵な声がする。「今度はちと難しいぞ」

ほう、と郭嘉が身を乗り出す。

「ルーズベルトは、真珠湾攻撃を事前に知っておった！」

両軍、一斉に白旗。今さらそんな説、誰も信じないよねえと笑う声がそこここで。

「引き分けのようですね」

「だから、何で、あんたたちが、日米開戦のこと、知ってンのよ！」

「ピピ姉、るーずべるとってどこの軍師？」

「第三問、正解はバツ。引き分け！」

荀彧もちっとは考えたらどうなんだ。

「次は私だ。第四問はもっと手強《てごわ》いぞ」

長江の碧い水面がさざめき立つ。羅貫中は一拍の間を置いた。

演出効果、たっぷり。

「——『東日流《つがる》外三郡誌《そとさんぐんし》』は偽書である！」

おっと、赤白入り乱れて両軍が動揺する。

「あんたたち全員『と学会』のファン？」

ピピが叫び、郭嘉は大喜び。「というより、陳寿様も羅貫中様も会員なのでは」

そのときである。

まだどちら側からも連環した船が届いていない長江の流れのど真ん中に、どばんと派手な水しぶきがあがった。大河の底で何かが爆発したかのようだ。

「海底火山かな？」

「ここは海じゃないわよ」

両軍の人びとも慌てふためき、船の手すりにしがみついたり、逆に船上や川岸から離れようとする者たちもいる。

驚いて見守るうちに、水が渦を巻き始めた。

「困りましたね」

郭嘉がちょっとだけ身構える。

「ここまで蚊帳《かや》の外に置かれてお怒りの方が、おでましになるのかもしれません」

「それ、どういうこと？」

大渦巻きが盛り上がり、沸き立つ。長江のど真ん中の水中から、何かが現れる。

どぱ～ん！

岸辺や船の上にいる人びとはもちろん、物見台上のピノピと郭嘉でさえ、見上げるような大きさの物体。いや物体ではなく、生きものだ生物だ。

その場の全員が絶叫した。

「**ゴジラだぁ！**」

「だから何であんたたちがゴジラを知って」

ピピが絶句した。ピノもピピをつかまえたまま固まった。

ゴジラじゃない。形状《フォルム》はそっくりだけれど、決定的に違うところがある。

色だ。身体《からだ》の右半分は真っ赤、左半分は真っ白だ。ほとんどペンキ塗り立てだ。

「何ですかこの怪物は！」

司会進行の荀彧が動転している。

「サイケですね」

さすがの郭嘉も目をしばたたく。その発言が聞こえたかのように、赤白モンスターは凶悪な眼をぎろりと動かし、身体ごと魏軍の側に向き直ると、大きな口を全開にした。長くて鋭い牙《きば》がぞろりと生《は》え揃《そろ》っているのが、この距離からでも見てとれる。ご丁寧にも、牙は一本おきに赤と白になっているので、ケーキ屋さんの日除《ひよ》けみたいだ。

「危ない、伏せろ！」

ピノがピピをかばって物見台の上に転がった次の瞬間、天地を震わすような咆哮《ほうこう》とともに、赤白モンスターが炎を吐き出した。ピノピの髪をきわどくかすめて、ものすごい熱気が通過してゆく。

「カクちゃん！」

ピノピが起き直ると、物見台の屋根も柱も燃えあがって、郭嘉の姿はない。飛ばされちゃったらしい。

自分で吐いた紅蓮《ぐれん》の炎に興奮したのか、一段と高い咆哮をあげ、赤白モンスターは今度は呉軍に向かって炎のひと吹き。呉の人びとが怒声や悲鳴をあげながら逃げ惑う。

「ピピ姉、わらわら出して！」

ピピを抱えてピノが宙に飛び出す。次の瞬間、物見台の上部が炎に包まれて崩壊した。

「わらわら、繭防御《まゆぼうぎょ》！」

出現したわらわらの繭に二人一緒にくるまれて、ピノピは地上にぼよんと落っこちた。

川岸からどどっとこちらへ逃げ寄せてくる人びとの上を、そのまま何度か跳ね返りながら飛び越えて、

「繭防御解除！」

シタッと着地した目の前に、戦闘態勢に入っている楽将軍と、その背中に隠れている荀彧と、将軍に従う二十名ばかりの兵士たちが並んでいた。

「おお、童子ら無事で何よりじゃ」

「将軍、あたしたちも戦います！」

赤白モンスターはこちらに背を向けて、呉軍の岸へと迫っている。長江の流れを悠々とかきわけ、立ち止まったかと思うと低く唸《うな》りながら頭を低くした。

「うわ、ありゃヤバい」

赤白モンスターがまた炎を吐き出した。ぶっとい炎は呉軍の船団を右から左へと舐《な》め尽くし、連環の計進行中の船団はなすすべもなく燃えあがる。

「呉軍が火計に遭っておる」

立ちすくみ、思わずというように、大刀を握った腕をがくりと下げて、楽将軍が呻《うめ》いた。

「――荀彧、献策はないか」

「さ、三十六計逃げるが勝ちかと」

赤白モンスターがあっち向いてるうちに。

「弱い者たちを山へ逃がしましょう。それから戦力を集め、何とかして戦うのです」

「それが献策か？」

「はい、何とかするという作戦です」

「わかった！」

楽将軍は大刀を振り上げると、逃げ惑う魏軍の人びとに大声で命じた。「女子供と怪我人は高所へ逃げよ！　森へ隠れるのじゃ。戦える者は武器を持って儂に続けぇ！」

呉軍の砦《とりで》から無数の火矢が放たれ、赤白モンスターに雨のように降り注ぐが、まったく効いてない。赤白モンスターの鱗《うろこ》のように硬い皮膚に跳ね返され、あえなく消えてゆく。モンスターは、攻撃されているとさえ気づいていないみたいだ。

「射よ射よ、射続けよ！　その化け物を岸に上げてはならん！」

楽将軍がこっちの岸で吼《ほ》え立てる。耳のいい魯粛には聞こえているだろう。さらに一群の火矢が飛ぶ。

「銅鑼《どら》を鳴らせ！　あのままでは呉軍はすぐ全滅じゃ。怪物をこちらに引きつける！」

荀彧がゲッと叫んだ。「将軍、まだ早いです！　もう少し弱らせてから」

「あれで弱るように見えるかぁ！」

「何とかするんでしょ？」

ピピが魔法の杖《つえ》を構えて前に出た。

「あたしに任せて。氷の」

微笑！　杖の先からひと塊《かたまり》の冷気が飛び出した。長江を渡りながら、杭《くい》のような形に変わってゆく。

「〈氷の哄笑《こうしょう》〉発動だ！」

特大サイズの氷の杭は、あやまたず赤白モンスターの後頭部に命中し、木っ端微塵《こっぱみじん》に砕けた。ごきんと音がして、モンスターの頭がちょっとだけ前に傾《かし》ぐ。

「やったか？」

ぐるるるる。唸りながら魏軍の側を振り返る赤白モンスターは、凶悪な三白眼になっている。そして咆哮した。

「皆、伏せよ！」

遠距離放射の炎に舐められる寸前、

「わらわの天蓋《てんがい》！」

　ピピが張ったわらわらの巨大な幕が、川岸の船団も、岸辺のみんなもそっくり包み込む。

　――これちょっと熱すぎますぅ。

　わらわらの悲鳴が、ペンダントを通してピノにも聞こえた。

「ピピ姉、サンキュ！」

　ピピは地面に伸びていた。

「――ごめん、今のでMP切れ」

「荀彧、この子を担いで後方へ退け！」

　赤白モンスターは大波を起こしながら魏軍の岸へ近づいてくる。そのとき、また一群の火矢が呉軍の砦からその背中へと飛来した。

　赤白モンスターは、そちらを振り向きながら口を開いた。魂消《たまげ》るほど長い舌が飛び出し、風を切る音をたててしなりながら、呉軍の砦をなぎ倒した。

「何だ、あのベロ」

これまたご丁寧に、真ん中できっちり赤白に塗り分けられているベロである。

「儂が相手じゃぁ！」

川面を渡って怒声が聞こえた。程普将軍だ。鉄脊蛇矛《てつせきだぼう》を掲げて、崩壊する砦から跳躍一番、赤白モンスターへと飛びかかる。このとんでもない怪物と比べると、あの武人でさえ豆粒みたいに小さく見える。

赤白モンスターは長いベロを方向転換、跳躍途中の程普将軍を中空で捕まえた。ベロの先端でくるりと巻き取ると、そのまま頭の上まで振り上げて、河のなかへと叩《たた》き込む。

ババンと水しぶき。

「程公《ていこう》が――」

ピピを背中におんぶしたまま、荀彧は真っ青になって固まっている。

「楽将軍、今までの行方不明事件も、全部こいつのせいじゃないか？」

「ん？　何を言い出す」

「あのベロだよ」ピノはバカみたいに派手な赤白の舌を指さした。「あいつ、あのベロを使って、水辺や森のなかにいる人たちを捕まえちゃあ喰《く》ってたんだ！」

あの巨大な本体は水中に潜めたまま、べろりんと舌だけ伸ばしてね。最近、急に姿を消したという山犬も、やっぱり喰われてしまったんだろう。

「あのベロ、自由自在って感じじゃねえか」

「うむ、確かに」

「赤白戦で大勢集まったんで、一度にいっぱい喰えるチャンスだから、本体も出てきたんだ」

「つまりあの化け物は人喰いか」

「何でも喰うんじゃねえ？　でも、馬は残してたから、ちょっとは好き嫌いがあるのかもしれないな」

赤白モンスターは砦から落ちた呉軍の兵士をひとまとめにベロで巻き取り、大口を開けて呑み込もうとしている。そこへ、空を一閃《いっせん》して斬撃《ざんげき》が走った。長いベロの先端が切断され、巻き取られた兵士たちごと落下する。

孫策だ。青龍刀を手に、赤白モンスターの頭のてっぺんに立っている。ベロを斬《き》られて痛がる怪物は、かぎ爪《づめ》の生えた手を持ち上げて孫策を叩き落とそうとした。その攻撃をかわして、孫策はまた宙に飛んだ。

と思ったら楽将軍の隣に出現した。

「おい、こっちは無事か？」

参ったなあと唸りながら、青龍刀にくっついた血を、パッと振り落とす。

「刀は俺の得物《えもの》じゃねえんだけど、ほかの武器じゃあいつには効かない。全身に鎧《よろい》を着込んでるみたいなもんだからな」

赤白モンスターはまだ痛がっていて、長江の流れのなかで地団駄踏んでいる。ざぶんざぶんと河が波立つ。

「楽将軍、投石機はあるかい？」

「修理を済ませたものが五台」

「じゃ、使おう。とにかくちっとでもひるませて隙《すき》をつくって、あの厄介なベロをぶった斬らないと」

「よし、兵たちよ、投石機の用意じゃ」

「矢を射かけるなら目を狙《ねら》えよ！」

俺が時間を稼ぐ——と、飛び出しそうになった孫策の袖《そで》を、ピノはつかんだ。

「だったらオレも手伝う！」

その手にはフライ返し。

「あのよぉ、おまえ。俺ずっと不思議に思ってたんだけど、それって武器なのか？」

やっと突っ込んでもらえました。

ピノは胸を張って答えた。「大目玉モンスターには絶大な威力を誇る武器です」

「じゃ、あいつには」

「たぶん駄目」

胸を張ったままフライ返しをしまう。

「ンじゃどうすんだよ！」

「あいつ、食い意地が張ってんだ」

やっと痛がるのを終わりにして、怒りに燃えながらざぶんざぶんと接近中の赤白モンスターを、ピノはちょいちょいと指さした。

「馬肉以外は何でも喰うんだ。だったら旨《うま》い食い物をやろうよ」

きょとんとする孫策を尻目に、ピノは両手をラッパにして魏軍の本拠地へ呼びかけた。

「お～い、ありったけの〈あんまん〉を袋詰めにしてくれ～。ナマでいいぞ、蒸さなくていいぞ～」

近づいてくる赤白モンスターが、また炎を吐き出す構えをとった。もう、わらわらの天蓋はない。

ごおおおおお！　炎が押し寄せる。燃えあがるより先に、熱線の勢いにへし折られた軍船のマストが吹っ飛んできた。

「いかん！」

楽将軍が突っ込んでゆく。止める間もない。熱気で目を開けていられない。

「疾風背転強撃！」

つむじ風が巻き起こったかと思うと、赤白モンスターが吐いた炎を押し戻した。たまらずに怪物が地団駄を踏む。

折れたマストを両腕に抱え、くるりともう一回転して、楽将軍が桟橋の上に着地した。桟橋はぶすぶす燻《くすぶ》っている。

「へえ～」

孫策が目を丸くする。楽将軍の足元で桟橋が傾いた。将軍はマストを捨て、身軽にジャンプしてこちらに戻ってきた。

「おっさん、やるなあ」

楽進、ちょっと息を切らしている。

「いつか、本物の世界に行くことができたら、これを儂のチャージ技にしようと、日々、鍛錬を続けてきたのじゃ」

「そりゃいいけど、技の名前は考え直せよ。漢字を並べりゃいいってもんじゃねえ」

「そうか、参考にしよう」

〈あんまん〉の用意ができました！　兵士たちが荷車に、バカでっかい袋に詰めた〈あんまん〉を載せて運んできた。二袋ある。

「若さん、荷物って持てるのかな」

「武器が持てるんだから持てるだろう」

ピノと孫策は、それぞれの背中に〈あんまん〉の袋を担いだ。

「じゃ、浮遊移動よろしく！」

「おまえはどうすンだ？」

「オレは」

ピノは不敵ににやりと笑った。今まで見せ場がなかったもんねえ。

「ニンジャ直伝《じきでん》の壁走りで行く！」

楽将軍のつむじ風で炎の直撃は免れたものの、船団のあちこちで火が出ている。熱気で自然に燃えだしてしまったのだ。そのあいだをかいくぐり、ピノはハンゾウの陣屋で習得した足さばきを披露した。蹴《け》って、飛んで、走って、また蹴って進む進む！　目指すは赤白モンスターの頭のてっぺんだ。

「おお！」

先に孫策が、一秒遅れてピノが到達した。「こらデカ物！　旨いもんやるから口を開けろ！」

言葉の意味を解したのではなく、頭の上に乗っているものを喰おうとして、赤白モンスターは口を開いてベロを出した。

「せえの！」

〈あんまん〉の大袋、投下。

ぱくり。

見守る魏軍の皆さんの前で、赤白モンスターは口を閉じ、もぐもぐやって——

「気に入っとる」

笑顔になりました。

「今じゃ！　投石を開始せよ」

弓矢も飛んでくる。孫策がピノを小脇《こわき》に抱えた。

「〈あんまん〉運べたんだから、おまえも運べるだろ」

パッと消えて、次の瞬間には投石機の足元に帰還。

「便利だなあ。オレ、その技も覚えたい」

「こればっかりは、いっぺん死なねえと無理だ」

矢に礫《つぶて》に、投石機が放つ大岩。びゅんびゅん飛んでゆく。標的がでかいので、面白いように命中する。怪物はぐらぐらと身体を揺らし、それでもまだ〈あんまん〉を味わっているのか、その場から動かない。

「頭を狙え、頭を！」

投石機の大岩が、赤白モンスターの顔面を直撃した。怪物の目が、三白眼から白眼に変わった。

「あ、効いてる！」

「撃て撃て、もっと撃てぇ！」

誰か台所の鍋釜《なべかま》まで飛ばしてるぞ。

「それにしたって、何でこんなもんが江東に出てくるんだよ」

孫策が息をついて、呆《あき》れ顔《がお》になった。

「めちゃめちゃな設定じゃねえか」

「どっかにいたんだよ」と、ピノは言う。「三国志の武将とゴジラみたいな怪獣を戦わせたら面白いだろうなぁって考えた、はた迷惑なクリエイターがさ」

そんなもん、ボツに決まってる。

「色さえ変えりゃ盗用にはなりませんってのも、パチもんの常套句《じょうとうく》だし」

「頼むから大型の怪物はモンハンでやってくれよって話だな」

モンちゃんハンちゃんのモンハンではありません、念のため。

投石に次ぐ投石。赤白モンスターは大きく体勢を崩し、膝《ひざ》をついた。グロッキーだ。

長江がどぶんと波立つ。

「よし、いいぞ」孫策が身構えた。「誰か、こいつに投《な》げ槍《やり》をやってくれ」

要請に応《こた》えて、近くにいた兵士がピノに投げ槍を放ってくれた。

「またあいつの頭の上に乗って、目玉を狙うんだ」

「了解！」

二人が飛び出そうとしたそのとき、気絶状態の赤白モンスターの右肩の上に、何やら輝かしい光輪が出現した。

「皆さん、お待たせいたしました」

光輪のなかにシルエットが浮かび上がる。郭嘉とトリセツだ。

「おまえら、今まで何やってたんだよ！」

「準備を整えていたのですよ」

トリセツが答え、光輪のなかに浮遊しながら、郭嘉と顔を見合わせてうなずき合う。

だがしかし、光輪の眩《まぶ》しさが刺激になったのか、赤白モンスターが目を覚ましてしまった。

「おや、いけませんね」郭嘉はおっとりと笑う。「トリセツさん、空箱を」

途端に、トリセツのさしのべた葉っぱの先に、軍船よりも大きな空箱が出現した。

「そんなもんが効くかぁ！」

赤白モンスターはたじろいだ。しっかりイジけてる。

「効いてるぅ」

「あなた、空箱の意味がわかるんですね。荀彧殿より教養がおありです」

「何ですって？」

どこにいるのか荀彧、ちゃんと聞きつけて反応する。

「準備はよろしいですか、トリセツさん」

「いつでもいいですよ、郭嘉さん」

「では参りましょう！」

第６章
二軍三国志
——赤白の戦い・５

郭嘉とトリセツの姿がシルエットに戻った。と、二人を包み込む光輪はさらに輝きを増し、ぐるぐる回転しながら膨張し始めた。

「何だ、ありゃ」

ピノ同様、赤白モンスターもこの景色に驚かされたのか、イジけモードから立ち直り、三白眼を丸くして、輝きながら光輪から球体へと変化してゆく空中の不可思議な物体を見つめている。

球体はモンスターの頭ほどのサイズにまで脹《ふく》らむと、今度は回転スピードを上げ始めた。モンスターはそれを目で追っている。すっかり見惚《みと》れているらしい。目玉が激しく左右に動いている。

「おい」と、孫策が低くピノに呼びかけた。

「あいつ、目を回してる。チャンスだぞ」

「うん！」

再び飛び出そうと身構えた二人の目前で、球体が爆発した——というか、ほどけた。ほどけてふたつの光の帯に変わった。ひとつの帯の先頭にはトリセツ。もうひとつの方をたなびかせているのは郭嘉。

「それそれ！」

「そぉれそぉれ！」

微妙にトーンの違うかけ声で、モンスターの身体《からだ》を取り巻くように飛び回る。

「お見せいたしましょう」

「我ら賢者の」

「お役立ちトルネード！」

まさに光の竜巻だった。赤白モンスターを包み込み、一緒になって回転させながら空中へ吸い上げてゆく。モンスターの巨体が持ち上がり、これまで長江の水の下に隠れていた下半身が現れた。脚の形もゴジラそっくりだ。

「おりゃぁ！」

賢者らしくない雄叫《おたけ》び一発、郭嘉とトリセツは、ぐるぐる回る赤白モンスターを中空へ放り上げた。光の竜巻とモンスターは巨大な手巻き寿司《ずし》みたいな形になり、一瞬だけ青空のなかに静止すると、上下逆さまになって落っこち始めた。

無論、物体として落下するのはモンスターだけだ。光の竜巻を構成していた光の帯は、天女の衣さながら優美にほどけながら、次々と消えてゆく。

「やりました！」

中空に浮遊して、親指と葉っぱを立ててみせる郭嘉とトリセツ。モンスターはまだ落下中。長江の魏軍《ぎぐん》側の桟橋に近いところに、頭から突っ込んで——突っ込んで——

ヤバい。

「みんな、逃げろ〜！」

叫ぶピノ。傍《かたわ》らの孫策は髪が完全に逆立っている。

「何だよ、あのどでかい尻尾《しっぽ》は！」

そうなのである。本物のゴジラの尻尾はでかくて強力だ。通りすがりに薙《な》ぎ払っただけで、ビル一棟を叩《たた》き壊しちゃうようなシロモノなのだ。

このパチもん赤白モンスターの尻尾も、当然、同じ。しかも本体と同じく、鎧《よろい》のような鱗《うろこ》で覆われている。

背負い投げを食ったみたいな恰好《かっこう》で落下してくるモンスターは、頭を下に、魏軍の側に背中を向けている。その巨大な尻尾は、本体が中空に放り上げられたときの惰性のままに、本体の軌道に沿って、宙に弧を描いて落ちてくる。

ぶうんと空を切り、魏軍の人びとの上に。

「あれぇ」

「お助け〜」

長江上に滞空中の郭嘉とトリセツが、落下するモンスターの尻尾が起こす一陣の風で、彼方《かなた》へと吹き飛ばされてゆく。

「危ねえ！」

孫策がとっさに楽将軍の腕を摑《つか》み、浮遊移動でパッと消えた。ピノはニンジャ走りで逃げる。兵士たちも頭を守りながら一斉に逃走する。

ずどん！

赤白モンスターの尻尾、着岸。

魏軍の桟橋、ほぼ全壊。桟橋まわりの軍船も全壊。そこへ、モンスターの本体が頭から長江に突っ込んだせいで生じた大波が押し寄せてきた。

どっぷん。

「でも、これで倒したかな？」

ずぶ濡《ぬ》れになって見守るピノたちの前で、赤白モンスターは水面《みなも》から下半身と尻尾だけを突き出したまま動かない。

それにしても、ピノには不審な点がひとつある。

「オレ、こういう景色をほかでも見たことがあるような気がするんだけど」

それはおそらく、市川崑《いちかわこん》監督の『犬神家の一族』でしょう。

ぴくり。

モンスターの尻尾が動いた。ピノと孫策と楽将軍は息を呑《の》む。

ぴくりぴくり。

三人が呑んだ息を吐く前に、怒りの咆哮《ほうこう》と共に赤白モンスターは復活した。

「早すぎ！」

そう、立ち直るのも早ければ、立ち直り方も速かった。空に突き出した脚を勢いよく振って一気に上半身を持ち上げると、空中で姿勢を転換するついでに尻尾をひと振り。その攻撃で、投石機二台を横様《よこざま》に薙ぎ倒しぶっ壊して、そのまま残骸《ざんがい》のなかに着地した。モンスターのたてた地響きに、吹っ飛ばされた兵士たちの悲鳴が混じる。そこにまた咆哮とあの火炎放射。吹きつける熱線に、あたりの瓦礫《がれき》がぶわっと燃えあがる。

状況、むしろ悪化しました。

「――かえって手に負えねえ」

江東の小覇王のおっしゃるとおり。結果的に赤白モンスターの上陸を手伝っちゃった郭嘉とトリセツは、やっぱり役立たずコンビだった。

「兵卒ら、ひるむな！　残った投石機を守れ！」

楽将軍の悲壮な叱咤激励《しったげきれい》に、対岸から銅鑼《どら》の音が加勢する。呉軍が無事な軍船をかき集めてこちらに向かってくるのだ。

「若ぁ！　長靴の戦士殿！　ご無事か」

また、入手経路不明の拡声器を使用中の魯粛の声が呼びかけてくる。

「ワシらが怪物をこちらに引き寄せますけん、そっちの岸から追い立ててくだされ！」

川風に乗り、声に混じって何だかのどかなほかの音声も聞こえる。モウ、モ～ウ。

見れば、呉軍の軍船には何頭もの牛が載せてあるのだ。これでモンスターの食欲を刺激しようという作戦らしい。

「今さら、牛の匂《にお》いになんか引っかかるとも思えないけどな」

ピノが言い終えないうちに、ケーキ屋の日除《ひよ》けみたいな赤白の牙《きば》を剝《む》き出して兵士たちを追いかけ回していたモンスターが、対岸の方を振り返った。

「引っかかった！」

「どこまで食い意地が張ってやがんだ」

成功！　かと思いきや、この先はこれまでと事情が違う。喰《く》いつきそうな勢いで対岸へ向き直ったモンスターの動きに、ワンテンポ遅れてあの尻尾が追随するもんだから、兵士たちの一団と三台目の投石機が吹っ飛ばされてしまった。

「若さん、あの尻尾をどうにかしようよ」

「どうにかって、どうするんだよ。あれには槍《やり》や刀じゃ歯が立たねえんだ」

「ピピ姉がいてくれたらなあ。凍らせちゃうのに」

戦闘で尽きたＭＰは、自然に回復することはありません。今のところ、ピノピは補給アイテムも発見してません。

「ともかく魯粛の言うとおり、河の深みへ追い立てよう。ンで、やっぱり目玉を狙《ねら》うんだ。あいつの動きを止めるには、それがいちばん手っ取り早い」

「わかった。楽将軍、投石よろしく！」

魏軍の残存勢力が、力を振り絞って投石を続ける。楽将軍は再度チャージ技（予定）・〈疾風背転強撃〉（仮称）を繰り出し、へし折られた投石機の柱や軍船のマストを拾っては投げ拾っては投げ、雨あられの集中攻撃に、赤白モンスターがちょっとひるみ、脚が滑って身体が傾いた。

「今だ、行くぞ！」

ピノを抱えて飛び出そうとした孫策が、なぜかその場で固まった。

「若さん？」

訝《いぶか》るピノの耳に、かすかにぷるぷる、ぷるぷるという音が聞こえてくる。

孫策は顔の半分だけで笑うという器用な技を見せてくれた。「おまえにもこれ、聞こえる？」

「うん」

まだ続いている。ぷるぷる、ぷるぷる。

「これはな」

孫策は小脇《こわき》に抱えていたピノを地面に降ろすと、額の鉢がねを締め直した。

「呼び出しだ」

「呼び出し？　誰の？」

「俺のプレイヤーだ」

機嫌を直してPS2の電源を入れました。

「つまりその、何だ、呼ばれた以上、俺は行かないとなんねえ」

顔の半分では恐縮していた孫策だが、ぷるぷる呼ぶ音に耳を澄ますと、顔いっぱいの笑顔に変わった。

「――へえ、〈関羽千里行《かんうせんりこう》〉ステージか。この俺に関羽を追わせようなんて、うちのプレイヤーも味なこと考えるじゃねえの」

念には及びませんが、史実では絶対にあり得ないことでございます。

「もしもし、若さん」

孫策は聞いてない。舌なめずりせんばかりに喜色満面だ。腕まくりしている。

「こりゃあ、気合い入れねえと」

「孫策殿！」

様子がおかしいと気づいたのと、チャージ効果が切れたのと、どっちがメインの理由か怪しいが、楽将軍が駆け寄ってきた。

「いかがなさったか」

孫策は将軍ににっぱり笑いかけ、ピノに手を上げて、

「悪《わり》ィな」

離脱。

「あんた主戦力なのにぃ！」

「この急場で我らを見捨てるか、江東の小覇王よ！」

吼《ほ》えるように嘆くピノと楽将軍の鼻先を、牛肉の焼ける匂いがぷんとよぎった。モンスターはまだこっちの栈橋側からほとんど動いていないのに、見遣《みや》れば、呉軍の側から漕《こ》ぎだしていた軍船から煙が立ちのぼり、甲板に載せられていた牛たちはきれいに姿を消している。魯粛の姿も見えない。

「しまった！」ピノは地団駄を踏んだ。「忘れてた！　あの化け物はベロも長いんだった！」

口から火を吐いて軍船を炙《あぶ》った上に、こっち側から長江の真ん中あたりまで舌を伸ばし、ほどよくローストした牛肉をぺろりと平らげちゃったのだ。

状況、さらに悪化。

焼き肉の味がお気に召したのか、赤白モンスターは大きなげっぷを放つついでに、

――ああ、旨《うま》かった。

とでも言うかのように巨大な尻尾を上下させた。四台目と五台目の投石機、大破。

真ん中で赤白に塗り分けられたこんなバカみたいな怪物に追い詰められてる。気のせいか、モンスターの咆哮が高笑いに聞こえる。

「――この世界にも、ゲームオーバーってあるのかな」

これまででいちばん弱気になったピノが呟《つぶや》く。

「ここで死ぬと、儂《わし》はもしかして本物の世界に生まれ変われるのだろうか」

これまででいちばん期待を込めてこんなことを呟く楽将軍は、ちょっとどうかと思う。

それぞれに呆然《ぼうぜん》としている二人の前で、赤白モンスターは悠々と方向転換し、魏軍の本拠地の方へと頭を向けた。そっちにはまだ人が大勢いる。匂うのだろう。

ぐぁっと口を開き、炎を吐き出す。楽将軍が悲痛に叫んだ。「皆、逃げよ～！」

「ピピ姉、危な～い！」

そのとき。

最初は見間違いかと思って、ピノはまばたきをした。汗が目に入って、視界が滲《にじ》んだのかとも思った。

赤白モンスターの吐き出す熱線に包まれて、一瞬、本拠地全体が陽炎《かげろう》のように見えた。

その陽炎のなかに、あるものが浮かびあがったのだ。

ものすごく大きな、まん丸い物体。本拠地の本陣の一角から炎があがる。火の粉が盛大に舞いあがる。と、そのときまたピノには見えた。

タコみたいだけどタコじゃない、三本脚。魏軍の本拠地のすぐ後ろに、ピノピが歩いて越えてきたあの丘陵地を背負い、三本脚のタコが立っている。いつから立っていたのかわからないが、今、だんだんと出現してきた。光学迷彩を解除しているからだ。

見間違えようのない、その形状。アルミホイルみたいな銀色の輝き。

ピコピコした合成音声が聞こえてきた。

「ミナサン　コンニチパ」

思わず、ピノが大声で叫ぶと、その声にピピの声もかぶって聞こえてきた。本拠地のなかで驚いている――いや、喜んでいるのだ。

「ボッコちゃんだぁ!」

「ルイセンコ・カッター!」

赤白モンスターの厄介なベロを一閃《いっせん》。

「ルイセンコ・ぷーメラン!」

往路で右腕を、帰路で左腕をばっさり。

怒りと興奮にモンスターが尻尾を振り回そうとしたとき、

「ルイセンコ・ぷラッシュ！」

銀色の球体からまばゆい閃光が放たれた。目を覆う術《すべ》を失った赤白モンスターは顔を背け、自分の尻尾の勢いでバランスを崩して仰向けにひっくり返った。

ボッコちゃんは高々とジャンプすると、三本脚をひとつにまとめて、

「ルイセンコ・はワーシュート！」

モンスターの腹部めがけて突進した。

「あれは――何じゃ」

楽将軍はかろうじて立っているけれど、膝《ひざ》が限界まで折れている。

「ロボットなんだけど、正式名称は〈人工知能搭載光学迷彩仕様多足歩行型汎用《はんよう》

攻撃支援機のプロトタイプ弐号《にごう》〉だよ」

　ボッコちゃんが赤白モンスターを折ってたたんで裏返してまたたたんで持ち上げて、ざぶざぶと長江の真ん中まで運んでいってそこにポイして、今や赤白が混じってピンク色になってしまったその塊《かたまり》がすっかり沈んでしまうまで、二人で黙って並んで見守っていた。

「儂は――」

　静けさを取り戻した長江の水面を見つめたまま、楽将軍は呟く。

「その名称をチャージ技の名前にしよう」

　長すぎます。

「ルイセンコ・ぴーリング！」

　ヒーリング光線でその場のみんなに応急処置をしてくれてから、ルイセンコ博士はボッコちゃんを降りてきた。

「博士、ありがとう！」

　ピピが真っ先に駆け寄っていく。今日も白衣姿の博士は、威張るでもなく照れるでもない。破壊され炎に舐《な》められた魏軍本拠地の惨状に眉《まゆ》をひそめる。

「もっと早く来ればよかったかの」

ピノは白衣の背中をパンパン叩いた。「そうだよ！　博士ったらどこをうろうろしてたんだ」

聞き込み中に拾った目撃談から、博士がこっちにいることは察していたピノピだ。

「そこらをうろついとったわけじゃない。山のなかで野営しながらボッコちゃんのシステム調整をしておったんじゃ」

「また光学迷彩の調子が悪いのね」

調子が乱れると、どピンクになっちゃうクセがあるボッコちゃんである。

「ハ行の発音がおかしいのも直ってない。ねえ博士、どうしてここに来たの？」

やっぱり〈あんまん〉に惹《ひ》かれたのではないかという推測は外れていた。博士はただ迷い込んだだけだったのだ。ただ、ピノピのもうひとつの推測の方は的中していた。

「ボッコニアンのなかでも、ここ〈二軍三国志〉のように、ことのほか色濃く本物の世界の設定を残している場所は、普段は顕在化しておらんのだ」と、博士は言った。「時が止まったように、凍りついたように静止しておる。もちろん、ボッコニアンの他の町や村にも、その存在を気づかれることはない」

だが、〈封印が解かれた〉ら、それらの世界も動き出す。そこにいる人びとも活動を始める。

「だから我らは今こうしておるわけか」

楽将軍と、どうにか無事だった荀彧《じゅんいく》もこの話に聞き入っている。周囲では、やれやれという感じで戦場の後片付けが始まっている。

「郭嘉が、〈あんまん〉を売り出して外界と繋《つな》がりを持つと言い出したときには、儂は大反対したのだがな。だがあやつは自信満々だった」

――じっと閉じこもっていても、この状況はそう簡単には終わりませんから、そのうち外の方から人がやって来ますよ。こちらが備えを固めるためにも、先に外の様子を探っておきましょう。

「この状況はそう簡単には終わらない、か」

全知全能のカクちゃんの言うことだ。ピノは首をひねって考えた。

「ってことは、オレとピピ姉の旅も簡単には終わらないってことだな」

「そうね。だって、魔王に会うためには、あと六つも鍵《かぎ》を見つけなくちゃならないのよ」

「鍵とな?」

ピノピは説明した。回廊図書館のこと。羊の執事じゃなくて司書。ただただ驚いている楽将軍と荀彧の傍らで、

「ほう」ルイセンコ博士はちょっと面白がっている。「今回はそういう仕組みか」

「今回って、毎回違うの?」

博士は笑ってごまかした。「ま、ワシは〈門番〉だからの。知識豊富なんじゃ。それをそのまま開陳したところで、ちびっ子戦士たちの役に立つとも思えん。知識は経験を通して吸収されない限り、雑学に過ぎん」

教訓がましいことを言う博士は、〈門番〉の特性で、ここみたいに封印が解けて初めて顕在化する特殊な世界に入り込むときでも、まったく抵抗感を覚えない。身体に負担がかからない。その点は長靴の戦士と同じだ。だから、ボッコちゃんに乗って移動しているうちに、知らず知らず〈二軍三国志〉を訪問してしまったのだった。

「この先もオレら、ここと同じような、いかにもゲームのボツネタでございます的な場所に出会う確率が高いのかな？」

「確率が高いどころか、むしろ積極的にそういう場所を探すべきなんじゃ」

ルイセンコ博士は力強く断言した。

「そういう場所は、本物の世界との繋がりも強いのだからな。魔王に繋がる手がかり――君らの場合は、回廊図書館の鍵が隠されているはずだ」

ピノはけっこう感動的に納得したのだが、ピピは不得要領《ふとくようりょう》な顔つきだ。

「でも博士」と、口を尖《とが》らせる。「エリアボスを倒したのに、ここじゃまだ、天から鍵が降ってこないのよ」

うむ――と、楽将軍が空を仰ぐ。「先ほどから、そんな様子はまったくないのう」

「どういうことなのかしら。ここはサブイベントでしかなかったってこと？　それにしちゃ、ページ数が多過ぎるじゃない」

作者は毎号、力を入れて書いておりました。

「君らが求める鍵は、毎回、必ず天から降ってくるとは限らないんじゃないかの」

ルイセンコ博士がのほほんと言い放つ。

「今回は、あの怪物の腹のなかに入っておったりして」

「だったら困る！」

「まあ、ワシがまたボッコちゃんで引き揚げてくれれば済むことだ」

当のボッコちゃんは、水辺で静止している。斜面なので少し前に傾いていて、三本脚の足元を長江の水が洗っている。兵士たちが怖々と近寄って、へっぴり腰で触ってみている。

「まだ何かやってないことがあるんじゃないかなあ」

ピノは思う。ミッションが終わってないから回廊図書館の鍵が出現しない。あの赤白モンスターは、実はエリアボスじゃなかったりして、とか。

「ホントに倒すべきは、江東の小覇王の方だったりして」

逃げられちゃった。

「郭嘉、どこまで飛ばされたんだろ。早く帰ってこないかな。あいつに訊《き》けば、ヒントぐらいもらえるのに」

今や、トリセツは完全にあてにされなくなりました。

ルイセンコ博士を挟んで、ピピと楽将軍は話し込んでいる。旅の話を聞いているらしい。ピノはちょっと離れて考え込んでいる。荀彧も、博士の話が信用ならんと思っているのか、三人からは距離を置いているようだ。

と、その荀彧がにわかに声をあげた。「る、るいせんこ博士、とやら」

楽しく語っているのを邪魔されて、博士は面倒臭そうだ。「何だね」

「さ、先ほど、あの銀色のタコのようなものの調子を見るために野営していたとおっしゃいましたね？」

「うむ、そうだが」

「それはその、件《くだん》のタコの具合が悪かったということですか？」

ピピもうるさそうに荀彧を振り返った。「前にもあったのよ。ボッコちゃん、光学迷彩の調子が悪いの。あと、ハ行の発音もおかしいの」

すると、博士が素早く遮《さえぎ》った。「いや、今回はそれを調整しとったんじゃない。動作不良が発生しての」

「動作不良？」

「うむ。ワシがプログラムしたオリジナルの自走式ソフトをインストールしてからこっち、ときどき勝手な動きをするようになっての。特に、短時間でもフルに機能を使った後に、よく調子が悪くなるんだ。ワシの作ったプログラムに、そんなバグがあるはずはないんだが……」

自走式。

そこで、ピノの耳もぴんと立った。

荀彧は、博士にあれこれ問いかけているくせに、博士の方を見ていない。桟橋があった方向を見ている。目が釘付《くぎづ》けで、表情が硬い。

ピノも、荀彧の視線の先を見た。

そして察した。

「博士！」

「今度は何だね」

「自走式ソフトってのは、ボッコちゃんが自分で動けるようになるソフトだろ？」

「大ざっぱに言えばそうだ」

「それをインストールされたわけだから、今のボッコちゃんは、操縦者が搭乗しなくても、勝手に動けるようになってンだな？」

「勝手に動けやせんわい。ワシの命令に従う範囲内で、自立的に作業するだけだ」

荀彧の目はまだ一点に釘付けで、だらだら汗をかき始めた。

　桟橋の残骸が浮かぶ水際から、好奇心で近寄っていた兵士たちが、だんだんと離れてゆく。そろりそろりと後じさりしながら、不安そうに囁《ささや》いている。

「おい」

「これ、おかしいよな？」

　ピノはゆっくり立ち上がった。博士と楽将軍とピピは気づかない。

　腰を抜かしそうになっている荀彧に、ピノは近づいた。涙目になって、荀彧はまた声を張りあげる。

「る、るいせんこ博士とやら！」

　うるさいなあと、博士＋二人が振り返る。荀彧は手を上げて、真っ直《ま》ぐ《す》に指さした。

「ならば現在、博士はあのタコに、何らかの命令をしておられるのですか？」

　やっと博士と楽将軍とピピがそっちを見た。荀彧の指さす先。

　両目のように見える一対《いっつい》の丸いライトを、真っ黄色に底光りさせているボッコちゃん。

　ぎぎぎぎぎぎ。

　ちょっとだけ前屈《まえかが》みになっていたその姿勢が戻り、丸い頭部が軋《きし》みながら博士の方を向いた。黄色いライトがぎらぎら光る。

「こ、これは？」と、楽将軍。

「博士、ボッコちゃんどうしたの？」と、ピピが立ち上がる。

「こ、これは、ぽ」荀彧がわなわなと言う。

ボッコニアン？

「違う！　ぽ、ぽ」

このロボットの名前はボッコちゃん。

「違う！　ぽ、ぽ、ぽ」

『ぽんくら』なら、作者が書いた別の小説のタイトルです。

「ちが〜う！」

ピノも加わり、荀彧と声を合わせて叫んだ。「これはぽ、ぽ、ぽ」

暴走だぁ！

「ルイセンコ・カッター！」

黄色い目をぎらつかせて、ボッコちゃんが攻撃を開始した。

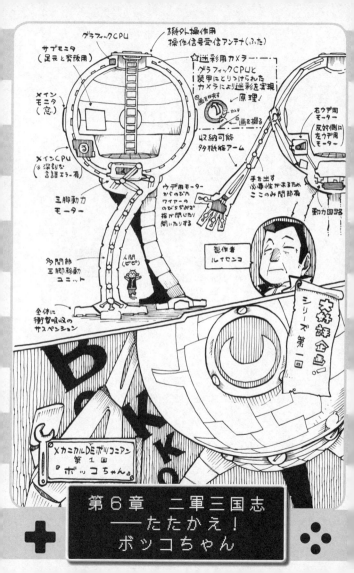

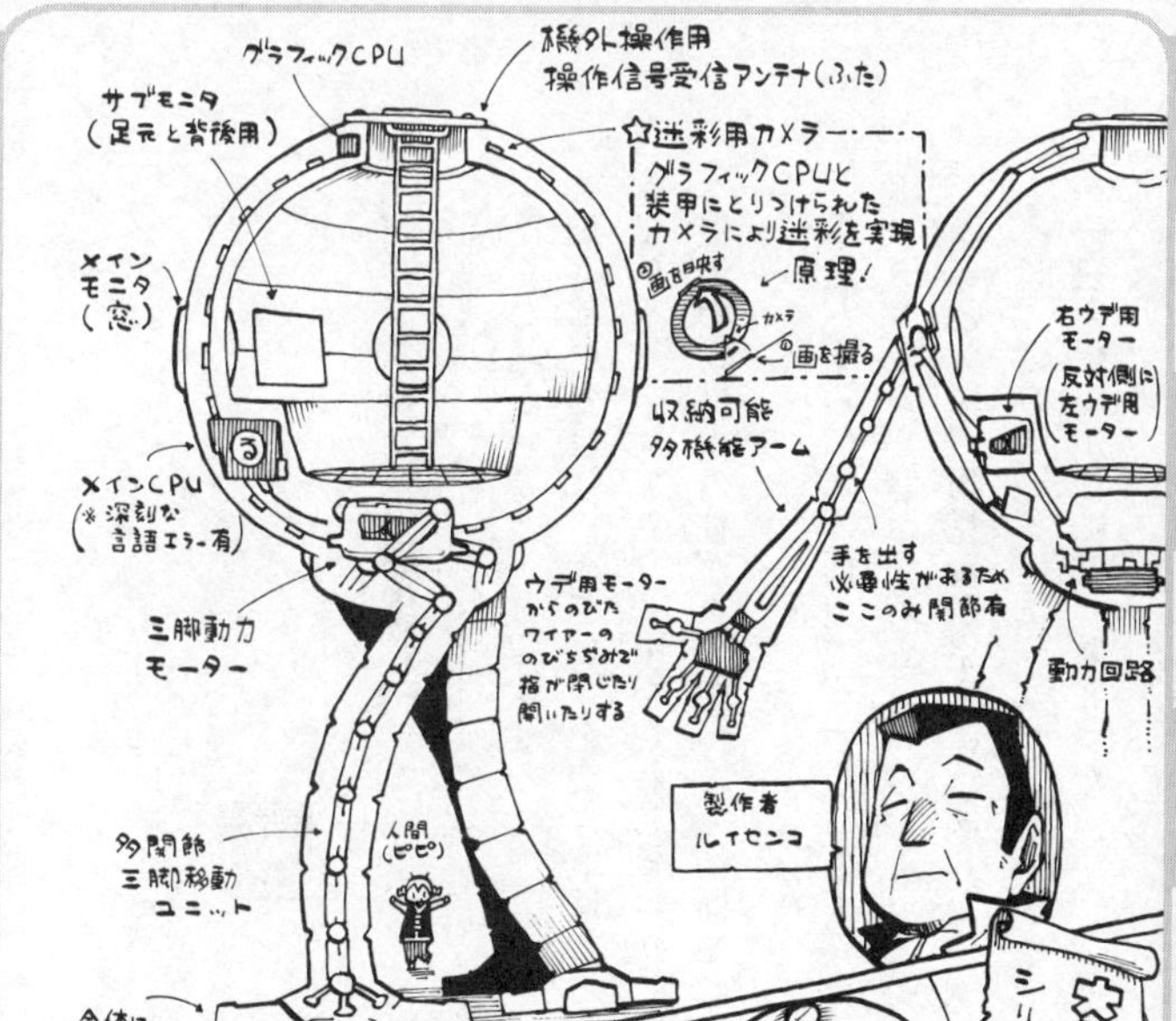

第6章　二軍三国志
——たたかえ！ボッコちゃん

「何だよ、この小見出し」

正しくは、「二軍三国志――赤白の戦い・6」でございます。

「そんな細かいことより、伏せろ！」

楽将軍が突進してきてピノを突き飛ばし、きわどいところで、巨大なかまいたちのようなルイセンコ・カッターをかわしきった。跳ね起きてみると、かろうじて残っていた本拠地の物見台の柱が真ん中へんで切断されて、ゆっくりとズレてゆくのが見える。

「えらいこっちゃ」

呆然《ぼうぜん》とする二人の面前で、ボッコちゃんは水際から一歩、二歩と歩みだし、一対《いっつい》のロボットアームを誇示するようにゆっくりと持ち上げた。

轟《とどろ》きと共に、物見台が完全に倒壊した。

「ぺぱぷぴ！」

破裂音ばっかりになっちゃった。

「あいつ、得意がってるぞ」

ムカつく！　と腕まくりしたピノだけど、すぐに次の攻撃が飛んできて、またぞろ楽将軍に助けられることに。

ルイセンコ・カッター！　ルイセンコ・ぷーメラン！　ルイセンコ・ぷラッシュ！　ルイセンコ・はワーシュート！

「わかったわかった、もうわかったから！」

魏軍《ぎぐん》の本拠地は阿鼻叫喚《あびきょうかん》。投石機は全滅、刀折れ矢尽きた兵士たちも、ただもう逃げ惑うばかりだ。

「ええい、小癪《こしゃく》なタコもどきめが！」

楽将軍は怒り心頭、そこらに転がっていた大きな材木（たぶん、もとは投石機の脚の部分）を両腕で抱え上げ、ぶるんぶるんと回し始めた。

「目にもの見せてくれよう、いざ、儂《わし》のチャージ技、人工知能搭載光学迷彩仕様多足歩行型汎用《はんよう》攻撃支援機！」

だからその名称はダメなんだけど、技そのものは、やっぱり凄《すご》い。たちまち起こるつむじ風に、故・赤白モンスターとボッコちゃんの攻撃によって作られた瓦礫《がれき》の山が舞いあがり、渦を巻きながらボッコちゃんへと襲いかかる。

「いけるか？」

するとボッコちゃんは黄色いライトを回転させながら、三本脚で仁王立ちして、ロボットアームを振り上げた。

「ルイセンコ・電磁ぱリア！」

機体全体を、金色のバリアが包み込む。つむじ風はバリアにあたって拡散し、舞いあがった瓦礫がこっちに押し戻されて降りかかってくる。ちょうど着地したところだった楽将軍の上にも、バラバラになった軍船の竜骨の部分が落ちてきた。

「将軍、危ない！」

ピノの叫びに、ピピの声がかぶった。

「わらわら、鎧防御《よろいぼうぎょ》！」

間一髪、将軍の身体《からだ》を丸っこいわらわらの着ぐるみが包み込む。それを見届けて、魔法の杖《つえ》をかざしたまま、ピピはへたへたと座り込んだ。

「ピピ姉、MP補給できたのか？」

「〈あんまん〉を食べたら、ちょっとだけ回復したんだけど」

ホントにちょっとだけでした。ピピはまたグロッキー。

「本拠地の人たちは、みんな山へ逃げた。建物、ほとんど吹っ飛んじゃったから」

「オレらも逃げるしかねえか。クソ！」

ピノはピピを引っ担いで逃げ出した。楽将軍も、わらわら着ぐるみ姿のまんま転がって逃げてくる。

「ルイセンコ博士、どこだぁ！」

「ワシならここにおる」

どういうわけか、博士はこの戦場《いくさば》をうろちょろ歩き回っている。暴走ボッコちゃんの無差別攻撃は続いているのに、博士は意外と身軽に避《よ》けまくる。

「何やってンだよ。あいつを何とかしてくれよ！」

「だから、何とかしようと思ってコントローラーを探しておるんだ。あれを使えば、遠隔操作で、ボッコちゃんの動力回路を遮断して緊急停止させることができる。こういうときのために作っておいたのに」

「それ、どんな形？」

「形状は拡声器そっくりだ」

ピノは青くなった。「それ、魯粛のおっさんが使ってた」

ということは呉軍の側にあるのだ。

「博士、河のあっち側で落としてきちゃったんだよ！」

「何と。では対岸へ渡らねばなるまい」

どうやって渡るんだ。軍船はみんな壊れてるか炎上している。

「小舟の一艘《そう》でもあればいいんだが」

この急場に呑気《のんき》な博士の前に、ボッコちゃんが機体を軋《きし》ませながらのしのしと近づいてきて立ちはだかった。右側の黄色いライトがくるりと反転して赤いライトに変わり、そこからビームが飛び出した。

「おっとっと」

博士はぴょんと脇にどいて避けた。両手を筒型にして口元にあて、大声で呼びかける。

「ボッコ！　可哀相《かわいそう》に。すまんな、もうちょっと待っとれ。今、ワシがおまえを停《と》めてやるから」

可哀相に、か。

ピノはそのとき、暴走中のボッコちゃんの心の悲鳴を聞いたような気がした。本当はこんなふうに暴れたくなんかない。博士を攻撃するなんて不本意です。わたしはシステムエラーの犠牲者です。

でも現実的には、ボッコちゃんは合成音声でこう言った。

「ぷぴぱぱぽぱっぽ！」

そして丸い頭部をちょっと横に向け、

「ぺ！」

と叫ぶなり、今度は左側のライトを赤にしてビームを撃った。

「今の、何？」

ピノピは声を揃《そろ》えて問いかけた。ルイセンコ博士は顎《あご》をぽりぽり掻《か》いている。

「〈労使交渉は決裂した〉と言っておる」

「ええええぇ～？」

「じゃ、さっきの『ぺ！』は？」

「唾《つば》を吐いたのだろうな」

かの『タクティクスオウガ』の暗黒騎士団の卑劣騎士マルティムみたいに？

「ていうか、博士とあいつ、労使関係だったのかよ？」

さらに数発、続けざまに博士とピノピにビーム攻撃を浴びせると、ボッコちゃんは丸っこい巨体で回れ右して、長江へと進み始めた。

博士は自分の額をぺちりと打った。

「あいつめ、河を渡ってコントローラーを探すつもりだ」

「探してどうすンだよ」

「壊すんだろう。自由を求めているんだよ」

ピノは背中のピピが慌ててしがみつくほど思い切りエビ反りになり、いっぱいいっぱいの声で、長江の向こう側に向かって叫んだ。

「魯粛のおっさん、危ねぇ～！」

ボッコちゃんは長江へ踏み込んでゆく。三本脚の足元でざぶざぶと河が波立つ。

「訊《き》きたくねえけど、あいつって」

「完全防水仕様だ。潜水機能もついとる」

ピノはもう一度叫んだ。「魯粛のおっさん、逃げてくれ〜！」

これまた正しくは、「拡声器を守って逃げてくれ」でございますね。

悠々と渡河《とか》を開始したボッコちゃんから、何やら勇壮な音楽が流れてきた。

「聞け　万国の　労働者ぁ〜♪」

労働者の味方だ。たたかえ！　ボッコちゃん。

「ハ行の発音がおかしくないわ」

「あれは録音を再生しとるからだ。ワシの個人的オーディオ・ライブラリーよ」

ルイセンコ博士は少々はにかんだ。

「ワシも、若い頃には世界同時革命を夢見たことがあって」

博士、赤色《せきしょく》エレジーだった時代があるらしい。

ところで、この歌の著作権はどうなってるんだろう。編集長はもしかして、またお金を払わないといけないのかしら。

ボッコちゃんは長江を半ばまで渡った。丸い頭部は水面《みなも》から上に出ている。何と、泳いでいるのだ。

「どうしよう……」

「儂らにはもうどうしようもない」

おお、楽将軍だ。わらわらの鎧防御モードから元の姿に戻っている。

「無事でよかった」

「うむ、あの不思議なぽよんぽよんの鎧のおかげじゃ。魔法というのは凄いものだな。本物の世界へデビューしたあかつきには、ぜひともあれを儂の装備にしたい」

「やめといた方がいいと思います」

「何故《なにゆえ》に？　あれは無敵だぞ」

なんてことを言い合ってるうちに、ボッコちゃんは対岸に上陸しそうだ。燃え尽きた軍船の群れからたなびく煙のなか、呉軍からぱらぱらと矢が飛んでくる。火矢も交じっているが、ボッコちゃんにはもちろん効果なし。兵士たちの数も、ざっと眺めた限りでも半分以下になってしまっている。

「博士、飛行装置とか、瞬間移動装置とか持ってないの？」

「まだ開発中だ」

万事休す、と思ったら。

呉軍の陣屋の奥の方に、何やら面妖《めんよう》な赤い閃光《せんこう》が走った。一度、二度、三度。閃《ひらめ》くたびに、川縁《かわべり》に接近してくる。

「——赤い彗星《すいせい》かな？」

その昔、『ガンダム』知らずの作者は、「シャアって、赤い金星でしょ？」と言って満座の失笑をかった経験があります。良い子の皆さん、知ったかぶりはいけません。

「それだと別のゲームになっちゃう」

ピピがげんなりと呟《つぶや》いたとき、今一度赤い閃光が走り、空を飛んだ。まっしぐらにボッコちゃんへと向かってくる。

ボッコちゃんはまさに上陸し、ロボットアームを振り上げて、呉軍の陣屋へ攻撃を開始せんとしたところ——

「聞け　万国の　労働」

出し抜けに、その球体の頭部が横に傾《かし》ぎ、歌が途切れた。三本脚で踏ん張って姿勢を制御、ボッコちゃんが立ち直ろうとしたところに、次の一撃が。

ボッコちゃんの巨体が大きくよろめいた。脚が一本、地面を離れ、宙ぶらりんに泳ぐ。その下をかいくぐって赤い閃光が飛び、残った二本の脚の膝《ひざ》の部分を続けざまに「かっくん！」とした。

「あの赤い閃光、ボッコちゃんを攻撃してるんだ！」

ボッコちゃんは仰向けに倒れてゆく。と、いつの間に舞いあがったのか、赤い閃光が矢のように、今度は上空からボッコちゃんの頭部めがけて突っ込んでくる。

右の黄色いライトが木っ端微塵《こばみじん》に砕けた。続けて左の黄色いライトも、赤に変わって

ビームをひと筋撃ち出した瞬間に破壊された。

魏軍のピノピたちは唖然《あぜん》呆然。いったい全体、何が起きてるんだ？

その問いに答えるように、ものすごい怒りの雄叫《おたけ》びが、川面を渡って響いてきた。

「しゃらくさいわ、このできそこないの鉄の塊《かたまり》がぁ！」

楽将軍の顎ががくんと下がり、口が開いた。ピノピは驚いた。いつの間にか荀彧もそばに来ている。傷だらけ埃《ほこり》だらけ、衣服もあちこち破けているが、大きな怪《け》我《が》はしていないようだ。で、荀彧も口を開けっ放しにして驚愕《きょうがく》している。

「あの声は」

「あれは、もしや」

ずどどどどん。土埃をたててボッコちゃんが倒れた。その真上から、再び雄叫びと共に赤い閃光が。

「怒りの文官チョップ!」

衝撃に、ボッコちゃんの巨体が跳ね上がる。脚が一本ちぎれて火花が散った。

「怒りの文官踵落《かかとお》とし!」

二本目もちぎれた。

「怒りの文官瓦割《かわらわ》り!」

三本目もちぎれて、ボッコちゃんの頭部だけがごろんと残る。赤い閃光はその周囲を素早く一周すると、

「怒りの文官回し蹴《げ》り!」

ボッコちゃんの頭部を蹴り飛ばした。ボッコちゃんは宙に浮き、優雅に弧を描いて飛びながら一回転して、長江に落下した。派手な水しぶきがあがる。

その水しぶきを浴びながら、水面にぷっかりと浮いたボッコちゃんの頭部の上に、赤い閃光が舞い降りてきた。ぴたりと着地。人の姿になる。

「やっぱり」と、楽将軍と荀彧が声を揃えた。

「誰?」と、ピノピも声を揃えた。

両手を腰に、その腰はちょっと曲がってる。なにしろオジキなもので。

江東の青空に向かって、オジキは心の叫びを吐き出した。

「儂だって本当は戦いたかったんじゃあ！」

呉軍の文官の長にして孫権のご意見番。強硬な降伏派だったから、〈赤壁の戦い〉ではちょっと肩身が狭くなってしまったあのお方。

「張昭殿！」

楽将軍と荀彧の声に、呼ばれて応《こた》えぬ無粋な男ではない張昭、こっちを向いて親指を立てる。

「見たか、曹操の狗《いぬ》めらが。これこそが真の文官《シビリアン》コントロールというものじゃ違うと思います。

ここでお知らせがひとつ。

今年発売された『真・三國無双7』で、何と楽進がデビューしました。

いやぁ、我らが楽将軍の夢がかなったわけですね。シリーズ七作目にしてようやく参戦。作者としては、このボツで書いたことが現実とリンクしてくれて嬉《うれ》しい限りです。

最初にこのニュースをキャッチしたのはタカヤマ画伯で、画伯が担当編集者のクリちゃんに報《しら》せ、クリちゃんが作者にメールで教えてくれました。

で、そのメールのタイトルが秀逸だった。

「我々は動揺しています」

『無双』の楽進はイケメンですよ。『8』ではついに張昭も参戦？　なんて思うのは、調子に乗りすぎかしら。


さて、ボツの世界では。

「はあ、これはこのタコの備品じゃったか」

件《くだん》の拡声器もといボッコちゃんのコントローラーを手に、魯粛が感じ入っている。

「よく使い方がわかりましたね」

ピピはそこに感じ入っている。

「何となくなあ、このラッパの形が」

「魯粛さん、ホントにゼネラリストですね」

呉軍の面々は、完全防水仕様でぷかぷか水に浮くボッコちゃんの頭部を船にして、魏軍の側に渡ってきた。赤白モンスターに長江へ叩《たた》き込まれた程普も、兵士たちに救出されて無事だった。もっと戦いたかったと悔しがっている。

「いやいや、実のところこの戦いでは、儂らの力なんぞ不要であった」

楽将軍は、まだ驚きが覚めやらぬ表情であります。

「張昭殿が、まさかあれほどの戦闘能力の持ち主とは」

当の本人は、「曹操の狗めらと馴《な》れ合えるか」と、また陣屋の奥に籠《こ》もっているらしい。

「腰が痛いんでしょう」魯粛がのほほんと笑う。「まこと、年寄りの冷や水じゃ」

「でも、おかげでわたしたちみんな助かったんですよ。お礼ぐらい言いたいのに」

「嬢ちゃんのお気持ちだけ、ワシから伝えておきますよ」

「これを機会に、儂らも張昭殿と和解することができる」と、程普もにっこりする。

ピノはルイセンコ博士と並んで、ボッコちゃんの頭部の上にヤンキー座りしていた。検証すると、張昭の一撃で、ボッコちゃんのライトばかりか、ビームの射出装置まで粉砕されていることがわかった。オジキの怒りの破壊力、恐るべし。事務方をいじめちゃいけないってことです。

「この技、オレも身につけたいなあ」

博士はちょっと不機嫌だ。「ここまで壊されると、修理はできん。資材を調達して一から作り直さんと」

「再起動する前に、博士のオリジナル自走式ソフトはアンインストールしてくれよな」

そのとき、ピノの頭に何か小さなものがこつんと当たり、足元に落ちた。

拾い上げる。鍵《かぎ》だ。

「――てくださ～い」

聞き覚えのある声が、遠くから。

「――ぶな～い」

このシチュエーションにも、覚えがある。ボッコちゃんの頭部の上と下で、ピノピは同時に立ち上がって大声をあげた。

「みんな、避けて！」

「やっぱ、扉が降ってくるぞぉ！」

上空より、回廊図書館の入口の扉、降臨。ボッコちゃんの頭部に命中。ばりばりと大破。

「外装までやり直しじゃ～！」

ルイセンコ博士の嘆きを横目に、その残骸《ざんがい》を踏み越えて、ピノピは勇んで扉を開けた。

絨毯《じゅうたん》敷きの床に、壁際の暖炉。火が入っていて暖かい。

「こんにちは」

机に向かっている司書は、今日も黒服で慇懃《いんぎん》で、やっぱり羊だった。

「鍵、ゲットしてきたよ」

いそいそと近づくピノに、

「まず利用者カードをご呈示ください」

ピノピがカードを出し、司書が大きな帳面を広げてそこに何事か書きつけているあいだも、ピノは鍵をいじりながら足踏みしていた。

「もういい？　入ってもいい？」

羊司書は黙殺。粛々とペンを動かしている。古風な付けペンだ。すごい達筆だ。たぶん達筆なのだろう。書いているのは神代文字《じんだいもじ》らしいので、ピノピには読めない。と、付けペンの先からインクが一滴落ちて、ページを汚した。ピノの足踏みのせいかもしれない。

無言のまま、羊司書はやおらそのページを破り、くしゃくしゃに丸めて食べてしまった。

ピノはピピに言った。「山羊《やぎ》？」

ピピはピノに言った。「うるさくして司書さんの邪魔をしないで」

ようやく記帳が済み、山羊疑惑が発生した羊司書は、机の後ろに出現した扉の方へとピノピを促した。

扉を開けて、三人で回廊に足を踏み入れる。立ち並ぶ大理石の柱と、顔が映りそうなほどつるつるですべすべの床。水晶の壁の向こうに立ち並ぶ、壮麗にして豪奢《ごうしゃ》で重量感に満ちた書架の列。

回廊の、いちばん手前の柱とその次の柱のあいだに、羊の頭のノッカーがついた古風な扉が出現していた。

「第一の図書室でございます。どうぞ鍵をお使いください」

ずっと手のなかでいじくりまわしていたので温まってしまった鍵を、ピノはそっと鍵穴に差し入れて、回した。小気味いい音がした。

途端に、扉は開くのではなくて消失した。羊の頭のノッカー、叩いてみたかったのに。

「お入りください。お求めの『伝道の書』は、すぐわかるはずでございます」

羊司書が頭を下げ、その前を通って、ピピが先に立ち、ちょっと及び腰になっているピノを従えて、第一の図書室に入る。

「これが全部、魔王の蔵書なのね……」

ピピは、その場でぐるりとひとまわりして書架を見回した。この第一の図書室の天井も水晶でできていて、明るいけれど眩《まぶ》しくはない、清らかな光を放っている。その光を映して、ピピの瞳《ひとみ》も輝いていた。

「オレ、本ばっかりがこんなにいっぱい集まってると、ちょっと怖いや」

「どうして？　ステキじゃない」

「圧迫される感じがするんだよ」

書架を埋め尽くす本は、背表紙を見る限り、やはり神代文字で著《あらわ》されているらしい。

ピノピにはさっぱり読めない。サイズはだいたい揃っているけれど、ときどき大判のものや、メモ帳ぐらいの小さなものも交じっている。布装、革装、箱入りの本もある。

自分の両手を検分し、ひどく汚れていないことを確認してから、ピピは書架の本に触れてみた。ガラスのような硬質の感触がする。それに冷たい。氷のようだ。

「ぜんぜん動かないよ、ピノ」

目の前に、確かに本が並んでいるのに、取り出すことができないばかりか、背表紙に触れることもできないのだ。どうやら、書架の表面が、ごく薄くて硬いものでカバーされているらしい。

「どうなってるのかしら」

眉根《まゆね》を寄せてピピが呟いたとき、部屋のどこかでばさっと音がした。

「後ろの方だ」

今度はピノが先に立ち、音のした方向へ行ってみると、床の上に本が一冊落ちていた。赤い革装本で、ピノピが学校で使うノートぐらいの大きさだ。

ピノはためらわずに拾い上げた。紙っきれ一枚分と同じくらい軽い。まるで予想外だったから、勢い余って肩越しに後ろへ放り投げてしまいそうになった。

「何でこんなに軽いんだ？」

そこの書架の中段に、ちょうどつり合う感じの隙間《すきま》が空いている。

「――ここから落ちたんだわ」

「この本、開かないぞ」

表紙が開かない。真ん中へんも開かない。裏表紙も動かない。

「タイトルを見せて」

「どうせ神代文字――」

ではなかった。〈はじめまして　でんどうのしょでございます〉と、普通の字で書かれている。

「インチキくせぇ」

「でも、羊さんの言ったとおりじゃない？　すぐわかるって」

「中身を見られない本なんか、意味があるのか？」

「わかんないけど、とにかく『伝道の書』を集めないといけないんだから、いいじゃない。行こう」

書架の本を取り出すことができるのなら楽しそうだけど、書き割りみたいに眺めるだけじゃ、長居は無用だ。

ピノピが第一の図書室から出て行くと、羊司書が一礼した。「お疲れさまでございます」

「この本で間違いありませんよね？」

赤い革装本を掲げるピピに、羊司書は無表情のまま、

「わたくしは存じません」

そういえばと、ピノは思った。やっぱり、この羊司書の鼻筋には、ほころびを繕った跡みたいな縫い目がある。

背後でしゅん！　という音がしたと思ったら、第一の図書室の入口が消えていた。元通り、透明な壁に戻っている。

「では、お気をつけてお戻りくださいませ」

羊司書は、ピノピを回廊図書館の出口へと追い立てる。

「手続きがもったいぶってる割に、あっさりしてるなあ」

「わたしたち、この次は——」

「第二の鍵をお持ちくださいませ」

「どこにあるのか、ヒントをいただけないんですか？」

「わたくしは存じませんので」

扉が開いて、また閉じたと思ったら、ピノピはボッコちゃんの残骸の上に立っていた。

さっきまでと異なるのは、ピノの手のなかにあった鍵が消えていることと、ピピが胸に赤い革装本を抱いていること。

「おや、お戻りですね」

羊司書と同じくらい慇懃無礼な口調。

「あ、カクちゃん！」

「お帰りなさい。ご無事で何よりでした」

「トリセツ！」

役立たずトルネードの二人組、復帰。

「上空から扉が降ってくることにいち早く気づいて、皆さんに警告したのはわたくしたちですよ」

浮遊しながら得意そうである。

「どうやら一冊目の『伝道の書』を手にされたようだ。良かったですね」

うさんくさい郭嘉、ピピには優しい。

「そうなんだけど……」

ピピは赤い革装本を一同に見せた。外見はけっこう厚みのある本なのに、あまりにも軽いので、風に飛ばされてしまいそうだ。そのギャップがへんてこで、扱いにくい。

「これ、紙切れみたいに軽いし、ページが開かないの」

「どれどれ、見せてください。飾り物の本なのではありませんか」

荀彧が口を出す。擦り傷に薬を塗ってもらったのか、顔色が妙にまだらになっている。

「外見は立派だが中身がない。なるほど荀彧殿、貴方《あなた》のようです」

「大事な局面で、しばしば飛ばされては行方知れずになっていた者に言われたくない」

戦いが済むなり、またこれだ。楽将軍と程普、無骨な武人たちの方が、興味と関心と敬意を抱《いだ》いて『伝道の書』を見つめている。

「これが書物というものか……」

「あれ？　知らないのか」

「そうね、この時代はまだ、こういう形に製本された書物は存在してなかったのね」

「だけどこれ、中身を見られないんだから意味がねえ」

言いながら、力を込めてもページが開かないことを示そうとして、ピノはすっ転んだ。『伝道の書』が、あっさり開いたのだ。ちょうど真ん中から開いて宙に浮き、ピピが慌てて広げた手のなかに、ふわりふわりと舞い降りてきた。

「オレのことからかってンのか、この本」

頭をさすりながら、ピノは起き直った。そして、『伝道の書』を捧《ささ》げ持ったピピを取り囲んだ二軍三国志の面々が――後ろに集まっている生き残りの野次馬兵士たちまでもが、唖然と口を開けているのを見た。

最初に笑い出したのは魯粛だ。

「これは、なぞなぞじゃろうかの？」

見開きのページの、向かって右は真っ白。そして向かって左には、たったひと文字。

「**ボ**」

楽将軍が言う。「ぼ?」

程普が言う。「ぼ、となし」

荀彧が呟く。「ぼ、ですか」

郭嘉が笑う。「これは愉快ですね」

「愉快じゃねえよ!」

ピノが叫んだとき、

「将軍、楽将軍、報告でございます!」

荀彧と同じように、傷薬を塗りたくって顔がまだらになった兵士が駆け寄ってきて、
傍《かたわ》らに膝をついた。

「東南東の丘陵地より、騎馬隊が接近しております。その数、およそ二十騎!」

一同が東南東の方角に目をやると、確かに、ひとかたまりの砂埃が丘を越えてこちらに近づいてくる。砂埃のなかで、日差しを反射して何かがちかちか光っている。武具だ。

槍《やり》とか矛とか刀とか盾とか。

みんな傷だらけで、へとへとに疲れてる。投石機はおしゃかで、弓矢も尽きた。お助けボッコちゃんは修理じゃ済まなくて、一から作り直し。そこへ、また敵襲?

我々は動揺しています。以下次節。

第6章
二軍三国志
——赤壁終戦

「何だよ、またこの章タイトル」

ピノが怒るのも無理はない。

前節、我々は大変な状況にあったはず。なのに〈終戦〉とは？

「おう！　おまえらみんな無事で何よりだ」

ぽん、と出現。戻ってきた孫策。

江東の小覇王だけじゃありません。東南東の丘陵地を越えて魏軍《ぎぐん》の本拠地（の残骸《ざんがい》）に迫りつつあった二十騎あまりの騎馬隊の面々とは、

「全員、一軍のヒトたちだ！」

ピピが叫ぶのも理の当然。三国志の超有名キャラの揃《そろ》い踏みなのだ。曹操、夏侯惇《かこうとん》、典韋《てんい》・許褚《きょちょ》の曹操SP二人組に、周瑜《しゅうゆ》に孫権、周泰に呂蒙《りょもう》に陸遜《りくそん》、諸葛孔明に劉備《りゅうび》に趙雲《ちょううん》に馬超に魏延《ぎえん》。ほかにもどうぞ、皆様お好きなメンツを入れてください。あ、関羽はいるけど張飛《ちょうひ》の姿が見えないのは、どこかでお酒飲んで寝てるから。そのかわり関《かん》

平《ぺい》がいるし、劉禅《りゅうぜん》もいる。曹丕もいるので、傾国の美女の甄《しん》皇后ももちろん同行。で、彼女と同じくらい人目を引く美人がもう一人、馬上に華を添えている。

「あのヒトがいるってことは、あのヒトも」

騎馬隊の最後尾を、鬼気たち込めて殺気もの凄《すご》く、近寄るだけで卒倒してしまいそうなひとかたまりの負のオーラが移動している。

「――呂布だぁ」

「よくわかるなあ」

「うちの作者、いっぺんも勝ったことないんですって」

そんなことを言ってるあいだに、楽進や荀彧たちも、騎馬隊の面々の正体に気がついた。魯粛は飛び上がって大喜び。またボッコちゃんのコントローラーを拡声器がわりに使って、

「ご一同、ようお帰りになられました！」

「じょうしょぉおおお～！」

楽将軍は両手を広げ、嬉《うれ》し泣きしながらすっ飛んでゆく。馬に乗ってないのに、土《つち》埃《ぼこり》が舞いあがるほどの勢いだ。生き残った兵士たちも将軍を追いかけて、騎馬隊の一同を出迎えに馳《は》せ参じる。

「あんたはいいのか、涼しい顔してて」

孫策が郭嘉を振り返る。

「あなたこそ。大事な喬《きょう》姉妹はどちらです？」

「気晴らしに、甘寧と凌統《りょうとう》をお供にショッピングに行ってるんだ」

婦女子の気分転換にはお買い物がいちばんです。

「なるほど。楽将軍の手前、その二人は遠ざけておいた方が無難でしょうし、一石二鳥というわけですね」

騎馬隊の足が止まって土埃はおさまり、入れ替わりに、彼らを取り巻く人びとの歓呼の声が高く響き渡る。

「しかし解《げ》せません。なぜ一軍の方々が、こぞってこちらに？」

「なぁに、別に事件ってわけじゃない」と、孫策は笑う。「俺たち初期バージョンのキャラは、近々携帯ゲーム機に移植されることになってさ。お色直しのあいだは休暇ってわけだ」

騎馬隊の輪のなかから二頭の馬が抜け出し、並足《なみあし》でこちらに向かってきた。轡《くつわ》を並べて近づいてくる。服装と装備からして一人は武人、一人は郭嘉と同じ文官のようだ。

「孫策殿のおっしゃるとおり、こちらは大変な事態になっていたようですね」

馬から降りて、文官の方が口を開いた。おっとりとした口調。〈あんまん〉みたいな形の白い帽子をかぶり、手に羽扇《うせん》を持っている。

「だろ？　けっこうサスペンスフルだった」

「これでは後片付けが大変だ。民に怪我人《けがにん》はなかったのでしょうか」

ひらりと馬から降り立ったもう一人の方、長身の背に槍《やり》をつけた武人が、心配そうにあたりを見回す。

ピピはホントに卒倒しそう。

「——趙雲様だぁ」

「何だよ、趙雲だけ様付けか」

「映画だとごっつかったけど、ゲームキャラだとやっぱり美青年だぁ」

舞いあがるあまりに右手と右足を一緒に出してぎくしゃくと、ピピは趙雲に近づいて、めいっぱい可愛い子ぶってご挨拶《あいさつ》。照れる趙雲と、冷めた目つきの羽扇の人。

「この私にはまったく興味がないのかな？」

「はい、ありません」

「一時《いっとき》は金城 武《かねしろたけし》だったのですが」

「それって『鬼武者』のこと？」

ワケのわからないやりとりに、ぽかんとするばかりのピノの頭をつついて、孫策が言った。

「このうさんくさい奴《やつ》が諸葛孔明」

　ピノは驚き、うおっと叫ぶ。うさんくさい羽扇は満足そうに反《そ》っくり返る。

「饅頭《まんとう》を発明したヒトだね！」

　羽扇、心外。

「この私の数多《あまた》の業績と逸話をすべて脇《わき》に置き、最初にそれを言いますか」

　郭嘉が言う。「死ぬときは五丈原《ごじょうげん》で星が流れたのですよ」

「いきなり死に際の話かい」

「これは失礼。私には他人の死に様がいちばん興味深い話題なので」

　歓呼の声と感涙に包まれていた騎馬隊の面々は、何がどう話がまとまったのか、いつの間にか長江を渡って呉軍の側へと向かい始めている。船なんか残っていないのに、何に乗っているのかとよく見れば、ボッコちゃんの残骸だ。ボロボロのぺったんこになってもまだ水に浮くので、平たく並べて筏《いかだ》がわりにしているのである。

「呉軍の方はまだ建物が残っていますから、こちら側よりも寛《くつろ》げましょう」

　ゼネラリストの魯粛が仕切っているものと思われる。

「ピノ、カクちゃん、わたしたち魏軍の本拠地のお片付けを手伝ってきます」

　るんるんとはずむピピの声。見れば、ちゃっかり趙雲に馬に乗せてもらっている。

「はいよう！」

「じゃあね～♪」

スキップしながら行ってしまった。

ピノは孫策に訊《き》いた。「ピピ姉、馬超様のファンなんですとか言ってなかったか？」

「言ってたな。あんな面倒臭い男はやめろと、俺が忠告したんだ」

風のように速く、その忠告を容《い》れたピピでした。

「趙子龍《ちょうしりゅう》は人格者ですから、君の姉上を任せて大丈夫ですよ」と、羽扇をふわりと使う諸葛孔明。

「諸葛亮《りょう》殿のおっしゃるとおりです」と、自分自身がふわりとする郭嘉。

「あんたら二人揃うと、うさんくささ三倍増になるって自覚ある？」

「ああ、忘れるところでした、孫策殿。孫堅《そんけん》殿と、我が君の愛《いと》しい奥方の尚香様は、休暇中も虎《とら》の世話をするため向こうに残っています」

途端に、孫策が三白眼になった。

「俺の目が黒かったなら、絶対あんなオジンに妹をやらなかったのに」

「尚香様は劉備様を愛しておられます」

「寝首を掻《か》く隙《すき》を狙《ねら》ってるだけだ！」

ピノは二人のあいだに割って入った。

「わかったわかった。あんたら、本来は敵同士なんだもんな？　中原《ちゅうげん》の覇権をめぐって、権謀術数の限りを尽くし、ずっと相争ってるんだろ」

「一部、非常に説明的な言い回しがありましたが、そのとおりです」

「なのに、けっこう仲よさそうだよね。話を聞いてりゃ身内みたいだし」

長江をぷかぷかと浮かんでゆく騎馬隊からは、歌声なんぞも聞こえてきます。

「まあ、俺ら付き合い長いしな」

孫策は頭を掻く。

「いろんなモードで、いろんな組み合わせで戦ってきたからなあ。情が移っちゃってね。でも、許し難い例外はいるぞ！」

「私はそんなえり好みはいたしませんよ。我々は既にして三国志一家。存在を共にする身内でございます――が」

どうやらほかにも異論のある向きがいるらしく、ぷかぷか移動中のボッコちゃん残骸筏の上が騒がしくなってきた。何やら甲高い笑い声が聞こえたかと思ったら、件《くだん》の負のオーラがもやもやと動き始めて、ボコスカと戦闘が始まっちゃった。

諸葛孔明、羽扇で上品に目を覆う。

「いけませんね……。司馬仲達《しばちゅうたつ》でしょう。あの人は誰でも見境なく挑発するから」

怒った呂布が暴れているんですな。孫策は額の鉢がねに手をかざし、川面《かわも》を見遣《みや》ってニヤニヤする。

「お、やってるやってる。貂蟬《ちょうせん》がいるから宥《なだ》めてくれるよ」

言ってるうちに、川風に乗って麗しい女性の美声が聞こえてきた。

「奉先《ほうせん》様、めっ！」

叱《しか》られてます。と、今度は負のオーラのいる反対側で小競り合いが勃発《ぼっぱつ》。

「魏延ですね。あれはよろずコミュニケーションに難があって、誤解されやすくて困ります。どれ」

　羽扇をたたんでくるりと回すと、手のなかで持ち直し、諸葛孔明、その先端を長江の上の集団の一角へと向けて狙いを定めた。

　ちゅどん！

　眩《まばゆ》いレーザーが飛び、誰かが長江へどぶんと落下した。

　ピノ、唖然《あぜん》。「今の、何？」

　これが噂《うわさ》の軍師ビームです。

諸葛亮、羽扇の先っちょでちょいちょいと髭《ひげ》を掻いて、悪魔のような薄笑い。

「習得したいですか？」

もちろん！

「ならば、共にあちらへ」

見る影もない魏軍の本拠地跡だけれど、立ち直りが早いというかたくましいというか、そこここから煮炊きの煙があがっている。

「お茶でもいただきながら、我が生涯の偉業をお教えすることから始めましょう」


さて、それからしばらく後のこと。

みんながてんでに勝手なことをしているもんだから、魏軍の桟橋跡にふわふわと一人佇《たたず》み、ヒマこいている郭嘉。

その手のなかには、『伝道の書』。なんだかんだの騒ぎにまぎれて、ピノピはこの本のことを忘れてうっちゃっていたのだけれど、郭嘉は忘れていなかった。両手で大事に捧《ささ》げ持っている。

郭嘉は何もしていないのに、すごいスピードで、次から次へとページがめくれていく。

みんなで爆笑した、見開きの左ページに記されていた「ボ」の文字。あれは消失してしまった。そのかわり、めくれてゆくページが文字列で埋め尽くされてゆく。そう、あたかも見えざる手が、大急ぎで『伝道の書』に文字を書き込み、ページをめくってはまた書き込み、そうやって書物を完成させているかのような眺めである。

最後の一ページまで、文字列で埋まった。ページの動きが止まる。

郭嘉はゆっくりと本を閉じる。それと同時に、浮遊する彼の右肩の上に、トリセツがぽんと登場。

「ご覧になりましたね」

郭嘉はトリセツを横目に、含み笑い。

「これはいったい、どういう仕掛けでしょうか、トリセツさん」

トリセツも含み笑い。

「わたくしには申し上げられないのですよ、郭嘉さん」

「世界の謎《なぞ》ということですか」

「魔王の謎と申しましょうか」

うっふっふ。浮遊タイプ人間系と、浮遊タイプ鉢植系が、揃って時代劇の越後屋《えちごや》のような笑い方をしております。

「ともかくも、『伝道の書』がそれらしい恰好《かっこう》になったことを、長靴の戦士に教えてあげなくてはいけませんね」

郭嘉がふわりと身を翻《ひるがえ》したとき、本拠地の残骸に急遽《きゅうきょ》設けられたテントのひとつから、真っ白な光の矢が飛び出してきた。長江を渡り、まっしぐらに突き進んで、対岸の岩壁にぶちあたる。あの〈赤壁〉と大書されていた岩壁に。

〈赤壁〉の二文字、がらがらと崩壊。

「やったぁ！」

テントのなかから、ピノの歓声。

郭嘉はにっこりした。

「ちょうど、軍師ビームの習得も済んだようです」

「ね、ね、また遊びに来られるよね？」

帰りの足にと、楽将軍がピノピに貸してくれた馬車の上で、ピピは名残惜《なごりお》しそうに何度も振り返る。

「趙雲はすぐ本物の世界へ帰っちゃうぞ」

手綱《たづな》を取るのはピノであります。

「でも、また休暇に来るかもしれないじゃない。ホント、いい人だったんだよ。すっごいステキなお兄さん」

「ジャニーズ系の陸遜はどうだったんだ？」

「会えなかったの。だから次の機会に」

これだから女の子は困ったもんだ。

「それより、『伝道の書』の方がずっと問題だ」

「いいじゃない。何にも問題じゃないよ。ちゃんと中身があるってわかったんだから」

ピノの懐に突っ込んであるこの『伝道の書』、最初にゲットしたものだから、以下「第一之書」と呼びますが、ここにぎっちりと浮かび上がってきた文字は、やっぱり神《じん》代《だい》文《も》字《じ》であるようだ。早くブント教授とポーレ君に見せて、解読してもらわねばならない。

「よく考えてみたらさ、おかしいんだ」

ごとごと揺れる馬車の上で、ピノは真面目《まじめ》な顔をしている。

「回廊図書館のなかにある本は、すべて魔王の蔵書なんだろ？」

「司書さんはそう言ってたね。歴代の魔王が集めた本だって」

「なのに、どうしてオレたちも、それを集めなくちゃならないんだ？」

ピピはぱちぱちとまばたきをする。山道を走っているので、土埃が目に入ったのです。

「どうしてって……そうしないと魔王に会えないからでしょ」

「オレたちがわざわざ鍵《かぎ》を見つけて、魔王の図書館に収められている魔王の本を取り上げることが、どうして魔王に会う条件になるんだよ。変じゃないか」

魔王が持っていなくて、欲しがっている本を集めてあげるというのなら、まだ話はわかる。喜んだ魔王が、褒美にそなたらに会って望みを聞いてやろう、という筋書き。あるいは、魔王が持っていなくて欲しがっているのだけれど、魔王の手に渡ったらまずいことになる本を、伝説の長靴の戦士ピノピが先回りしてゲットすることで、魔王の力を弱め、怒った魔王が現れて対決！　世界の命運を決する——というのでも、まあ筋は通るだろう。

でも、現実はそのどっちでもないのだ。

「ボツの世界のことだからねえ」

「話に整合性がないことの言い訳に、ボツを使うんじゃねえ」

ピノさんのお言葉、作者も心しておきます。

馬車は下り坂にかかり、丘のふもとにコノノの町が見えてきた。今日も〈あんまん〉は完売だろう。

「カクちゃんは、いつでも好きなときにあたしたちに会えるって言ってたけど……」

——私は幽霊ですからね。

「だったら一緒に来てくれればよかったのになあ」

「まわりの人たちが腰を抜かしちゃうから、駄目だよ」

短いあいだではあったけれど、大勢の人たちとわいわい過ごしたので、ピピは姉弟二人に戻ってしまうのが寂しいらしい。

「せめてルイセンコ博士だけでも」

「あの博士はもっと駄目。行く先々で騒動を起こすんだから」

博士本人も、改良版のニュー・ボッコちゃんが完成するまでは、二軍三国志の世界に留《とど》まると言っていた。食べ物が美味《おい》しいし景色もきれいだ、と。

「大丈夫だよ、ピピ姉」

ピピがあんまり萎《しお》れているので、ピノも優しい声を出しました。

「今度の戦闘はマジ大変だったけど、その分、ピピ姉はわらわら魔法に熟達したし、オレは軍師ビームを覚えたし」

胸を張っちゃうのであります。

「それなんだけど、ピノ、自分で気がついてる？」

「何を」

「あ、やっぱわかってないんだ。見てごらんよ、あんたの武器」

道はなだらかだから、ちょっとぐらい手綱を離してもいいだろう。ピノは腰に付けたフライ返しに手を伸ばし——

え？

フライ返しじゃない！

「何だよ、これ」

白く輝く、軍師の羽扇。

「さらに武器っぽくなくなってるぅ！」

ピノの絶叫に、驚いた馬が棒立ちになった。前脚をあげて高くいななき、目を泳がせて走り出す。

「わ〜！　ちょっと落ち着け、落ち着け！」

コノノの町へと駆け下りる馬車の上で、思わず軍師ビームが暴発！　空に弾《はじ》けて、真昼の花火のようにパッときれいに散ったところで、冒険は次章へ移ります。

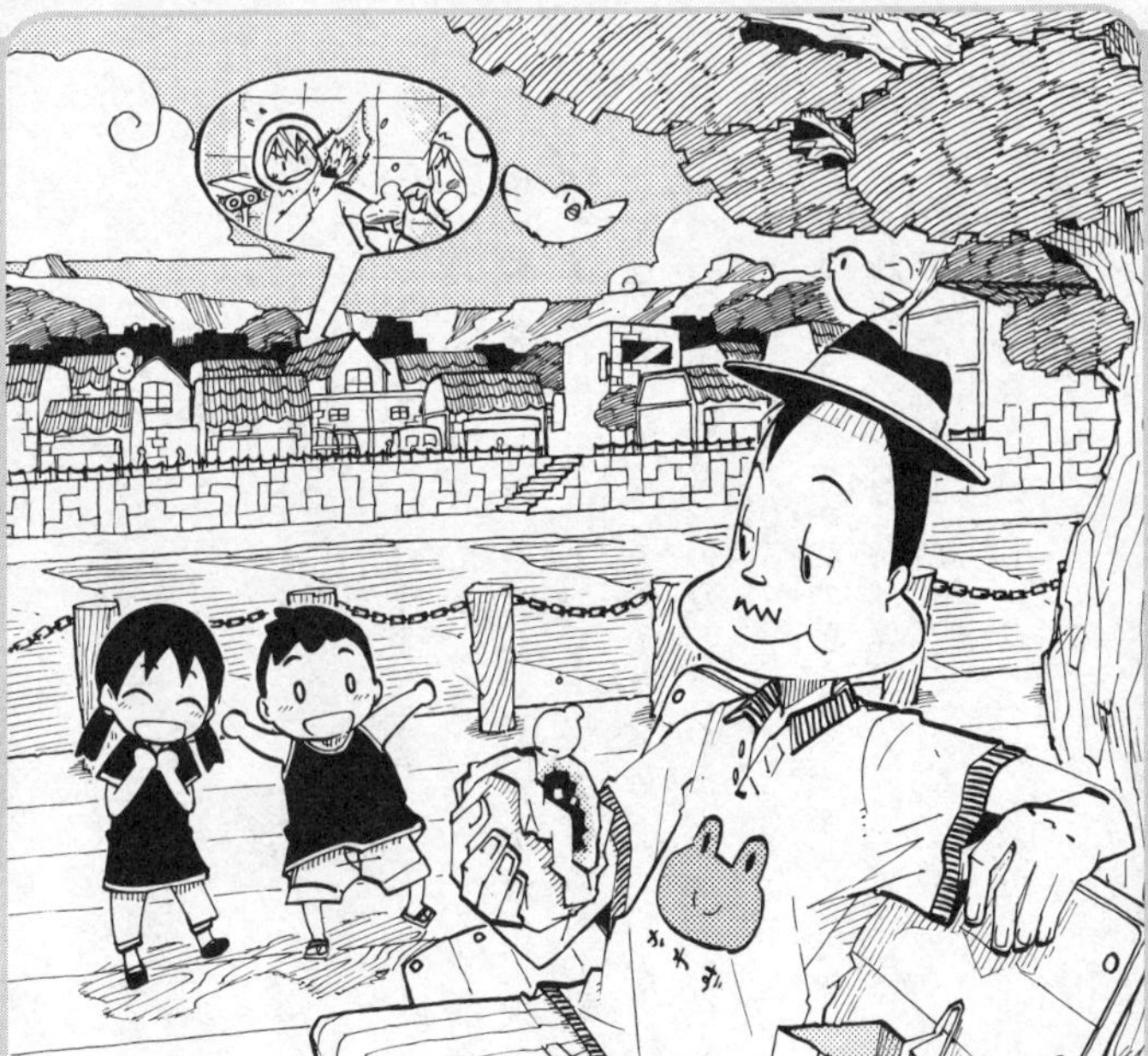

第7章
ほらホラHorrorの村

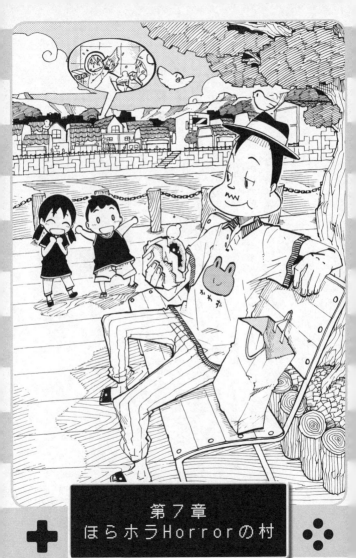

ピノピは再び、ポーレ家で居候《いそうろう》生活。

今度は肩身が狭くない。〈あんまん〉の謎《なぞ》は解いたし、トランクフードサービスと呉軍の仲立ちをして、美味《おい》しいお団子の販売提携を結ぶお手伝いもした。ポーレママは封印が解かれたことによって出現した世界への耐性が低いタイプのようで、どうやっても二軍三国志へ入ることができなかったのだが、〈あんまん〉配達の馬車に同乗して、魯粛の方が来てくれたのだ。ホントにマメでお役立ちのキャラである。

やっと手にした伝道の書「第一之書」は、ブント教授とポーレ君に預けてある。

「ゲットしたばっかりのときは、〈ボ〉って書いてあるだけだったんだよ」

「それがいつの間にか、辞書みたいにびっちり文字が並んだ本に変わってたの」

件《くだん》の文字はやっぱり神代文字《じんだいもじ》で、

「これまで私が目にしたことのない綴《つづ》りの単語が混じっている」

「新発見ですね！」

というわけで、ブント教授もポーレ君も鼻血を出しそうなほど興奮し、寝食忘れて解読に取り組んでおります。

アクアテクの日常に戻って、ピノピはひとつ発見したことがある。今ごろ気づくのもぼんやりしてるけど、

「作者が書かなかったのが悪いんだ」

戦闘続きで書くヒマがありませんでした。

「オレら、移動するだけでＨＰが減ることがなくなったんだよ」

本人たちが成長したからではない。わらわらベストの機能が一段階アップしたおかげである。

「次のレベルアップではどうなるのかな。ＭＰ回復機能がつくといいな」

なんておしゃべりをしながら、ピノピはトランクフードサービスのお菓子製造ラインにいるところである。ピノが習得した軍師ビームの出力を最微弱にすると、クレーム・ブリュレのカラメルに上手に焦げ目をつけることができると判明したのだ。でも、ちょっとでも集中が切れるとビームが強くなり、クレーム・ブリュレが消し炭になっちゃうので、ピピが監視役としてついているのです。

「いい感じ、いい感じ。すっかり使いこなせるようになったね」

「オレ的には喜んでいいのか？」

根本的な疑問にとらわれつつも作業にいそしんでいると、「おお、お手伝いしちょるのか」の声。ピノピと同じ白い作業服に身を包んだ魯粛が、ニコニコ近づいてくる。

「あれ？　とうとうアクアテクまで遠征するようになったんですか」

「コノノ饅頭本舗《まんじゆうほんぽ》へ来たのでな。音に聞く国際観光都市アクアテクを見物しようと、足を延ばして来たわけよ」

魯粛さん、作業服が似合います。

「何をつくっちょるんじゃ？」

「カラメル焼き」

お茶しましょうということで、三人で休憩室に向かう。すれ違う誰も、まったく魯粛を警戒しない。早くも外の世界に馴染《なじ》みまくりのゼネラリストだ。

「ふむ、あの軍師ビームにそのような使い道があるとはなあ」

チョビ髭《ひげ》をひねりながら、魯粛は感心している。

「ただささ、この羽扇《うせん》ってのがどうもね。せめてダガーナイフとかなら、もうちょっとカッコつくんだけど」

「そう嘆くな。羽扇には羽扇ならではの戦い方があるのかもしれん」

穏やかに笑って、魯粛はピノピの顔を見回した。

「実は、今日はお二人にも用があっての」

情報を持ってきた、という。

「ここ数日、ワシらの場にアクアテクの〈国際日報〉ちゅう新聞社から取材班が来ちょる」

二軍三国志の世界を、彼らは〈場〉と呼ぶことにしたようだ。

「なにしろ異文化同士じゃ。愉快なハプニングだらけの取材なんじゃが、そのなかの記者の一人——若い女性が郭嘉に遭遇しての」

郭嘉には事前に、おまえは異文化を超えて異次元の存在に近いから、けっして取材班の前に姿を現してはいけないと言い含めておいたのだが、

「あやつめ、まったく軽率じゃ」

ピピは吹き出した。「それ、うっかりじゃありませんよ。わざとですよ。その記者さん、美人だったんでしょ」

カクちゃん、女好き。

「で、そのヒトどうなりました？」

「郭嘉が現れるなり、魂《たまげ》消るような悲鳴をあげて卒倒しよった」

よっぽど怖かったんだろう。

「記者にしては意気地ないね」と、ピノは冷たく言う。「オレらも初めてカクちゃんに会ったときはビックリしたけど、そこまで情けなくはなかったよ」

魯粛もうなずく。「ワシも不審での。あとで謝罪ついでに事情を訊《き》いてみたら、記者の方もひどく恥じ入って、つい最近、取材先で郭嘉のような存在に出会って、えらく怖い目に遭ったばっかりなもんで」

その精神的外傷《トラウマ》が蘇《よみがえ》ってしまったのだそうな。

「ワシゃあ、あるいはほかの場所にもワシら三国志の二軍メンバーが暮らす場が出現しておるのかもしれんと思ったんで、いろいろ訊いてみたんじゃが、彼女はともかくもう思い出すのも怖いと青ざめちょって、要領を得んのよ」

それでも何とか位置関係だけは聞き出した。

「アクアテクから北へ、馬車で丸一日かかる山の中でな。地図に載っていない村じゃっちゅうんよ」

ピノピは顔を見合わせた。地図に載ってない村だって？

「その村、どうして見つかったんですか」

「半月ほど前、キノコ採りに行った近くの村の老人がそのあたりで道に迷って、たどりついたらしい。ただ――」

その老人も人事不省状態で戻ってきて、

――山の中に化け物の村がある。

譫言《うわごと》のようにそう繰り返すばかりで、今でも寝ついているそうだ。

「件の女性記者は、その事件を取材するために出かけたわけなんよ」

「じゃ、一人で行ったんじゃないですよね。誰か同行してたんでしょ？」

「カメラマンが一緒だったんじゃがな」

魯粛はまた間を置いてから、声を潜めて続けた。「彼は今も戻っておらん。行方不明のままなんじゃと」

化け物がいるという山中で失踪《しっそう》したきり。

「女性記者さんは、カメラマンのことを覚えてないんですか」

「思い出そうとすると、すぐパニクってしまう。ワシが手を替え品を替え質問しても、ぶるぶる震えるばかりでまったく駄目じゃったのよ」

あまりにも恐ろしく、だから記憶を封印しているというわけか。

「ただ、そこでカクちゃんみたいな存在に出くわしたことは確かなのよね？」

「だからこそ卒倒したんじゃろうから」

浮遊移動して、パッと消えてパッと現れて、頭の上には光り輝く輪っかを戴《いただ》いている存在。

で、女好き。

「そんなに怖いかぁ？」

ピノはまだ納得がいかない。

「記者のネエちゃん、大げさじゃねえの」

「しかし、一口に〈郭嘉のような存在〉といっても、〈のような〉の幅は広かろう」

長江ほどにも広いかもしれない。

「わかった。ピノ、あたしたちの次の目的地はそこだよ」

にんまりと笑って、ピピが自信たっぷりに言い切る。

「地図に載ってない、山の中の村。しかも化け物がいる。そこ、封印が解けて出現したボツに間違いないわ。ありがとう、魯粛さん」

「何でわかるのさ」

「お膳立《ぜんだ》てを聞いただけでわからない？　ほら、考えてごらんよ。ほら、ホラ」

ほら、ホラ、ほらホラ Horror。

「ホラーゲームのボツの村よ！」


安直。


翌朝早々に、ポーレママお勧めの山道に強いポッカレイ種という馬を小型の二輪馬車につけてもらい、水と食料も積み込んで、ピノピは北へ向かって出発した。

ポッカレイ種の馬は、ガタイがよくって脚が太くて短い。顔も馬にしては丸顔で愛《あい》嬌《きょう》がある。ピピはすっかり気に入ってしまい、馬の方もすぐ懐《なつ》いたので、手綱《たづな》はピピがとっている。ピノは隣で、ごとごと揺られながら羽扇をいじくりまわしている。

「ピピ姉、早いところ物質を変化させる魔法を覚えてくれよ」

「そんな魔法、あるかしら。でも何で？」

「こいつを剣に変えられるだろ」

ピピは笑った。「クサらないの。あたしたちが覚えるスキルにも、身につける装備にも、きっとちゃんと順番があるのよ。ボツの世界にはボツの世界なりのルールがあるのよ」

「フライ返しの方がまだマシだったぜ」

ピノのため息がかなり切ないので、ピピは姉さんらしさを発揮することにした。

「昨日の帰り際に、魯粛さん、面白いことを言ってた」

――ピノ殿の、集中が切れて気が散るとビームの威力が強くなってしまうというのは、かなり特異なことじゃのう。

「一般的には、どんな能力だって、気が散ると弱まるのが普通でしょう。あんたの場合は逆。さすがは伝説の長靴の戦士だって、驚いてた」

ピノには何が驚きなのかわからない。

「つまりね、あんたはスキルの地力が強いんだってこと。だから、コントロールを失うと力が弾《はじ》けちゃうのよ」

「それはピピ姉も一緒じゃんか。〈氷の微笑〉と戦ったとき、ペンダントを外したらえらいことになったろ」

「あれは、あたしたちの双極の力が反発しあった結果でしょ。そうじゃなくて、あんた個人の潜在的能力の話」

ふうん。ピノは気のない返事をした。

馬車は半日ほど街道を走り、それから北西方向へ向かう脇道《わきみち》に入る。分岐点の掲示板にはいくつかの町や村の名称が並んでいて、そのなかに〈ウィゴット村〉というのがあった。キノコ採りの老人が住まう村である。

「会えるといいけどね」

事前の情報が、もうちょっと欲しい。

山間《やまあい》の道は、よく整備されていて景色もいい。森の緑は深く美しく、鳥たちの鳴き交わす声も珍しくて楽しい。

遠足気分で馬車を走らせてゆくうちに、ウィゴット村の門が見えてきた。村落全体が木の塀で囲まれていて、関所のような出入口を設けてあるのだ。物見台があって、門番も立っている。

「こんにちは！」

元気よく挨拶《あいさつ》し、用件を切り出したところまではよかったのだが、話をしているうちに、門番のおっさんの顔色が変わった。

「君たち、あそこへ行くだがね？」

おそるおそるという感じで指さしたのは、村の真北にそびえる小さな山。手で握ったのではなく、型で抜いたおにぎりみたいに、くっきり三角形をしている。

「いけませんか？」

「いけないも何も、よくご覧！　あの山、見るからに不吉だろうがね」

おにぎりですけど。

「木が枯れて、ハゲッちょろけてるだろうがね！」

言われてみればそうかな。周囲の緑豊かな山々と見比べると、てっぺんから尾根沿いに、白っちゃけた部分が広がっている。

「ひと月ほど前から、日に日にあやって枯れとるがね。あれも化け物のせいに決まっとるだがね」

「ワシュウさんのお加減はいかがですか。あたしたち、お会いしたいんです」

ワシュウさんというのが、キノコ採りの老人の名前だ。村役場の書記さんなんだって。

駄目ダメ駄目だがねと、門番のおっさんは全身を震わせて拒絶した。

「ワシュウさんは寝たっきりで、誰にも会えん。お医者の先生が、ともかく絶対安静じゃってておっしゃるだがね」

交渉の余地はないみたいだ。

「しょうがないね。じゃ、行こうか」

目的の山がどこかわかっただけでも手間が省けた。が、馬車に乗り込もうとするピノピの前に、門番のおっさんは両手を広げて立ちはだかった。

「だから君たち、行っちゃいかんだがね！」

「あたしたちなら大丈夫ですよ。伝説の長靴の戦士ですから」

ピノピは長靴を履いた足を持ち上げて見せた。門番のおっさんは目もくれない。

「戦士だろうが勇者だろうが、駄目なもんは駄目だがね。化け物に喰《く》われてしまうがね」

「平気だってば」

いっちょ、軍師ビームを撃ってデモンストレーションしようかなと、ピノは羽扇をくるりと回す。ピピがその手をつかんで止めた。

「あたしたち、自分の身は自分で守れます。だから心配しないでください」

「子供はおとなしく、大人の言うことを聞くもんだがね！」

叱《しか》りつける門番のおっさんの鼻先で、ピピがにっこりして魔法の杖《つえ》をひと振りした。

「極細わらわら、おいで」

目に見えないくらい細いわらわらの糸が一本飛び出し、門番のおっさんの鼻の穴のなかに飛び込んだ。おっさんはたまらず、顔を背け手で口元を押さえて大きなくしゃみを放つ。

「さ、行こう」

ピノは呆《あき》れた。「わらわらの糸、あんな使い道もあンのかよ」

「応用モードよ」

ピピがポッカレイ種の馬に優しく合図をくれると、二輪馬車は軽やかに動き出した。

「ぎ、ぎみたぢぃ！」

鼻水を垂らし、またくしゃみをしながら、門番のおっさんが呼びかけてくる。

「まぢなざい！」

「ごきげんよ〜う」

「でもピピ姉、道がわかるのか？」

「わかんなくても大丈夫よ。二軍三国志のときと同じはず。あたしたちが近づけば、ボツの場の方から自然に吸い寄せてくれるよ」

ピピの推測である。

「あたしたちは、封印が解けて出現した場所に耐性があるだけじゃなく、たぶん親和性もあるのよ」

「それって、根拠のある推測？」

「それくらいの特権があってもいいじゃない。話も早く進むしね」

昨年、原稿用紙にして四千七百枚というはた迷惑な大長編を上梓《じょうし》した作者にとっても、話の進行が早いのは有り難いです。

「でもさ、ワシュウさんから情報収集できないんだったら、魯粛のおっさんにくっついていったん二軍三国志へ戻って、卒倒しちゃったっていう女性記者に会ってきてもよかったよな」

手綱を操りながら、ピピが横目で笑った。「何よ、ピノ。ビビッテンの？」

「べつに、ビビッてなんかねえけど」

「どうかしらねぇ」

ウィゴット村を迂回《うかい》して、馬車は北のおにぎり山へと近づいてゆく。

村のまわりを巡っていた馬車道は、おにぎり山の麓《ふもと》で消えていた。そのかわり、山を包む森の木立のあいだに、人の足で踏みしめた小道がうねうねと登っている。麓のあたりでは森はまだ枯れきっておらず、小道の行き先は深い緑に呑《の》まれてしまって見えない。

「もともと、キノコ採りぐらいしか用がない山なんだろうね」

「このまま登れるかな」

「行けるところまでは行ってみましょう」

山道に強いポッカレイ種と、小回りのきく小さな馬車と、牧場育ちのピピの腕前のおかげで、おにぎり山の五合目ぐらいのところまでは、馬車で登りついた。が、そこから先の道はいよいよ狭く、いよいよ急で、さすがにピピも馬の蹄《ひづめ》が心配になってきた。

折良く、近くに沢がある。馬車と丸顔の馬をここに残して、あとは歩いて登ろう。ピピは馬に水を飲ませ、沢のほとりの立木に手綱を結びつけて、長い首を撫《な》でてやる。

「ちょっとここで待っててね」

五合目までくると、森の半分以上は枯れていて、木立の細い枝までスケスケに見える。不思議なことに、森の景色は水気のない感じに枯れているのに、足元に落ちて積もっているる枯葉はどれもじっとり湿っていて、生臭い異臭がする。

「この山の森、寄生虫にでもやられてンじゃねえのかなあ」

鼻をくんくん鳴らしながらまわりを見回して、ピノは不意にぞくりとした。

目の前で、ピピが丸顔の馬に顔を寄せ、鼻をくっつけ合うようにして親しんでいる。いい子だからお留守番をお願いね、ぶるるん、あんたホントに可愛いわね、ぶるるん。

ピピの笑顔。馬の丸顔。存在するのはそのふたつの顔だけのはず。

なのに、今ぐるっと三六〇度を見回したとき、ピノはどうも、第三の顔を目撃したような気がするのだ。視線が通過した景色のなかに、第三の顔が隠れていたような。

――心霊写真じゃねえんだから。

苦笑いしながらひょいと視線を脇に投げたら、その第三の顔と目が合った。すぐ先の下藪《したやぶ》の陰から覗《のぞ》いている。

ピノは声をたてなかった。一瞬、ひゅっと息を呑んだだけだ。と同時にまばたきした。

そのあいだに、下藪の陰の顔は消えていた。

マジで心霊写真的な目の錯覚だ。シミュラクラとかいうんだっけ？　ちょっと見が似て見えるだけのもの。小石とか、枝に枯れ残った小さな木の実とか、そんなものがこしらえる点が三つ、逆三角形に並ぶと、人間の目と脳はそれを〈顔〉だと認識してしまう。単にそれだけのこと。

「置いてきぼりの馬が可哀相《かわいそう》だから、今日はとりあえず、村の場所を確認するだけにしようね」

ピピがリュックを背負って歩き出す。丸顔の馬が尻尾《しっぽ》を振って見送っている。

「ピノ、どしたの？」

「何でもない」

ピノもけっこうな勾配《こうばい》の小道を登り始めた。丸顔の馬はまだ尻尾を振っている。二人の背中がだんだん遠くなり、半分以上も枯れて透けてしまった森の奥へと消えてゆく――

ぶるるん？　と、丸顔の馬が鼻を鳴らす。

馬は賢いから、恐怖というものを知っている。ただ言語を持たないから、動作で表現

することしかできない。

ぶるるん、ぶるるん。ポッカレイ種の馬は鼻を鳴らし、息を荒らげ、その場で足踏みを始めた。

いつの間にか、丸顔の馬が繋《つな》がれた沢のほとりの木立のあいだに――スケスケの森、まるで無数の指の骨が組み合わさって、不吉な網をこしらえているかのように見える木立のあいだに、無数の顔が浮かんでいた。

その顔はみんな、ピノピが登って行った山のてっぺんを見上げている。

「これ、なぁに？」

息を弾ませて足を止め、ピピが問う。

「門――じゃねえよな」

八合目を過ぎ、道はさらに細く険しく、

森はほとんど裸になるまで枯れている。葉が落ちるだけでは足りず、幹まで病んだように色が変わって、木の皮が割れたり剝《む》けたりしている。

その寒々しい景色のなかに、異様なものがひとつ。二本の柱で支えられた、確かにピノが言うとおり、門に似たもの。

作者は知ってますから、手っ取り早く書きましょう。これは鳥居というものです。

「何かの入口かな」

近寄って、その柱に手を触れながらピピが呟《つぶや》く。柱は細く、ピピの腕の太さぐらいしかない。上に渡っている二本の横木もそれぐらいのサイズだ。もとは朱色に塗られていたらしいが、今ではすっかり剝《は》げ落ちて、そのまま風雨にさらされたせいか、木の色さえも褪《たい》色《しょく》している。

「傾いてるな。危なくねえか？」

ピノが力を込めて押してみると、鳥居はぎぃと軋《きし》んだ。

「壊さないでよ。標識かもしれない」

柱から手を離し、くるりとあたりを見回して、ピピはリュックを背負い直した。

「ともかく、行ってみよ」

あっさりと鳥居をくぐる。と、その姿がかき消えた。

ピノは、鳥居のこっち側に突っ立っている。

こういうとき、あなたならどうします？
①その場で「お～い！」と呼びかけ、ピピを呼び戻す。
②自分もピピを追いかける。
ピノは①②の折衷案を採用した。「おい、ピピ姉！」と大声で呼びながら、走ってあとを追っかけたのだ。

ピピはすぐ目と鼻の先にいて振り返り、二人は危うく正面衝突するところだった。

「何よ？」

ピノは振り返る。鳥居はちゃんとある。右に傾《かし》いで危なっかしく立っている。

ほっとした。思わずふうと息を吐き——

そのまま固まってしまった。見れば、ピピも固まっている。

そこはもう山中ではなかった。いきなり村落のなかに入っていた。

「だって、さっきは」

鳥居の先には枯れた森と山道が続いているだけのように見えたのに。

ここでは山村という単語を使うべきだろう。昭和のニッポンの、鄙《ひな》びた山の村。目に入る範囲内では、建物の多くは木造か、せいぜいモルタル造り。車が二台、かろうじてすれ違える程度の幅の道に沿って立ち並んでいる。ちょっと先には十字路があって、信号が立っている。

「ここ、ディスカバー・ジャパンなボッゲームだったのね」

横溝正史《よこみぞせいし》っぽいわ――と呟くピピは、久しぶりに神子《みこ》体質全開だ。ボッの世界の住人でありながら、本物の世界の知識を感じとれる。

それより、ピノには気になることがある。

「急に薄暗くなったな」

見上げる空は暮色に染まっている。さっきまではまだ陽《ひ》が高かったはず。

十字路の信号は赤。さっきからずっと赤信号のままだ。嫌な感じにくっきりと見える。

「ここが、ワシュウさんが迷い込んだ村」

確認するように声に出して言って、ピピが歩き出そうとしたとき、十字路の手前にある一軒の家の戸口が開いて、人が出てきた。

ピノピは目を瞠《みは》った。それから顔を見合わせ、同時に手をあげて、出てきた人物を指さして、同じことを言った。

「パクリだ」

現れた人物は白衣を着て、首から聴診器を下げていた。わりと体格のいい男性だ。灰色のズボンの膝《ひざ》がよれよれだ。

そいつが出てきた家は、よく見れば軒先に看板をあげている。〈ムラノ医院〉。診療所の先生なのだ。だから白衣。

「それにしたって、シラッとしてパクったもんねえ！」

ピピは笑い出してしまった。

「看護婦さんのカッコであの頭だと丸パクリになっちゃうから、お医者さんにしたの？　で、舞台もニッポンの田舎《いなか》の村にしたってわけ？」

あの頭。どんな頭かというと、目も鼻も口も何にもなくて、ただ白い皮膚に覆われただけの三角錐《さんかくすい》なんですね。いましたねえ、そういうクリーチャー。

「あれじゃ、ボツになってとうぜ」

当然よと、ピピが言い終えないうちに、目が届く限りのすべての家や店舗の戸口が音もなく開いて、次々と人が出てきた。いでたちは様々だ。赤いワンピースの女性、背広を着た男性、甚平を着ている老人、ランドセルを背負った小学生、フライパン片手にエプロンをかけている主婦、和装の腰が曲がった老女。

首から下は多種多様。でも首から上は、みんなあの三角錐。

ピピの顔から笑いが消えた。ピノは最初から笑ってません。

「ちょっと、ヤバくねぇ？」

低く漏らしたそのとき、三角錐頭の軍団が一斉にこっちへ向かってきた。

「きゃぁあああ〜！」

回れ右して逃げ出すピノピ。

「さっきの鳥居、あれが出入口なんだ。あそこから出ろ！」

三角錐頭軍団の足音がどどどと迫ってくる。

「ねえ、どっちなの？『サイレン』のパクリ？　それとも『サイレントヒル』の方？」

「どっちだっていい！」

「鳥居がないよ～！」

そう、消えている。

出口なし。これ、ホラーゲームのお約束。

第7章
ほらホラHorrorの村・2

どうにかこうにか三角錐《さんかくすい》頭軍団を振り切って、気がついたら、ピノピは大きな灰色の建物がいくつか立ち並ぶ場所にたどり着いていた。

道は細いけれど、きちんと舗装されている。たわんだガードレールがちょっと安っぽい。で、そこを歩む者は人っ子一人いない。あたりは静まりかえっている。

ピピはすっかり息があがってしまい、前屈《まえかが》みになって両手を膝《ひざ》について、

「ここ、どこかしら」

さっきの村のなかの様子が昭和三十年代的ニッポンだとするならば、ここらは昭和五十年代的。微妙なニュアンスの差は、道端の郵便ポストの形とか、電柱に貼《は》り付けられている広告の意匠とか、建物の窓枠がすべてアルミサッシになっているとか、細かい部分に表れている。

「あれはたぶん学校だな」

道の向こうの四角い建物には、金網のフェンスと桜並木に囲まれた校庭がある。

「こっちは――市役所だ」

見上げた建物正面の壁に、がたついた表示が掲げてある。ここは村じゃなかったの？

「学校の隣は病院ね。看板、めちゃめちゃ古くなってる」

件《くだん》の病院の窓には網戸がはまっている。その網はすべて淡い緑色だ。こちらも年代ものである。

ピピはぶるりとした。「廃病院だったらイヤだなあ」

「誰もいなきゃ、どっちだって一緒だよ」

歩きだそうとしたピノのリュックを、ピピがつかんだ。「どこ行くのよ」

「ここでじっとしてたってしょうがねえ。とりあえず探索してみないとさ」

「でも、ちょっと考えてから行動しようよ」

ピピの目元は引《ひ》き攣《つ》っている。

「あたし、病院と学校はやめといた方がいいと思うの。ホラーゲームの舞台になりやすいから」

「このゲームは、そういうありがちな場所を避けて市役所を舞台にしたからボツになったのかもしンないぜ」

「だったら市役所もやめとこう。建物のなかに入るのはやめとこうよ。お空の見えるところにいよう。ね？　ね？　ね？」

お空――ねえ。どよんと曇っていて、しかも見る間に暮れてゆくんですけど。

「勝手のわからないところで、暗くなってから動き回るのは危なくねえ？　今のうちに、今晩安心して寝られる場所を確保しとかないと」

ピピの目がでっかくなり、髪の毛が逆立った。「ここで寝るの？」

「出口が見つからなかったら、そうするしかねえだろ」

「じゃ、出口を見つけよう！」

今度はしゃにむにピノを引っ張って歩き始めたピピは、半泣きだ。

「ピピ姉、ホラーゲームは苦手なんだな」

次の目的地はホラーゲームのボツの村だと言い出したときには、余裕かましてたくせに。

「だって、こんなに怖いと思わなかったんだもん」

どうせボツネタなんだから、大したことなかろうと高をくくっていたのでした。

「それにあたし、あの手のクリーチャーが苦手なの。あの三角錐の連中、顔がないでしょ。意思疎通ができそうにないから駄目なの。ああいうお化けは――」

「呼びましたか？」

「きゃぁぁぁぁぁぁあ！」

ピピは一人、ピノとピノの右隣にぽんと登場した郭嘉を置き去りに、五十メーターばかり逃走。

「おや。私、何か失策しましたか？」

ふわふわ浮きながら、郭嘉はピノに問いかける。「お呼びでない？」

「カクちゃん、自分のことお化けだと思ってるのか」

「最近、そのように連呼されることがあって馴染《なじ》んでしまいました」

連呼したのは、魯粛のおっさんが言ってた〈国際日報〉の女性記者だろう。

ピノは両手をラッパにしてピピに呼びかけた。「お～い、ピピ姉！　怖がらなくていいよ、郭嘉だよ！」

カクちゃん？　と裏返ったような声がしたかと思ったら、ピピは猛然と引っ返してきた。

「カクちゃ～ん！」

駆け寄ってきて、そのまま郭嘉を通り抜ける。両手を広げて迎えようとしていたカクちゃんも、そのまんま。

「あれ？」

おかしいな。二軍三国志の場では、郭嘉と同じ立場——つまりとっくに故人で幽霊化していた孫策が、ピノを抱えて瞬間移動してくれた。つまりピノは孫策に触れたし、孫策もピノに触れたわけだ。

だが今は、試みにピノが手を上げて、浮遊している郭嘉の胸のあたりを右から左へと払ってみると、

「手応《てごた》えがねえ」

郭嘉、実体がありません。立体的ではあるけれど、ただの映像。

「どうやら、二軍三国志から外に出ると、私は完全に霊体となってしまうようですね」

「何で？」

「作者が勝手な都合で決めてるだけですから、考えても詮無《せんな》いことです。設定として受け入れるしかないでしょう」

殊勝でよろしい。

通り抜けてしまったピピがどうしてるかといえば、勢い余って素っ転び、やっと起き上がったところです。

「ガグぢゃん〜」

泣いているので濁音が繁殖しております。

「おやおや。そんな顔をしていたら、五年後の〈沈魚落雁《ちんぎょらくがん》・閉月羞花《へいげつしゅうか》〉の君が台無しじゃありませんか」

二軍三国志の章では説明しませんでしたが、この〈沈魚落雁・閉月羞花〉というのは、呉の孫策と周瑜《しゅうゆ》それぞれの夫人だった喬《きょう》姉妹の美貌《びぼう》を讃《たた》えた言葉です。その美しさの

前に、魚は水に沈んで身を隠し、空を飛ぶ雁《かり》は落ち、月は光を閉じ花も恥じ入ったという大げさな表現。いるか、そんな美女。

「この私が駆けつけたからには、もう何があっても大丈夫。ご安心を」

浮遊してる上に実体も失ってしまった郭嘉の台詞《せりふ》、これまで以上に軽い。でも、ピピには慰めになったみたいだ。

「また会えて嬉《うれ》しいよう」

「私もです。ぜひ、伝説の長靴の戦士にお供させてください」

郭嘉は優雅に一礼してみせた。カクちゃん、最初のころよりピノピに敬意を払うようになったのか。さもなきゃ単に気を許したので、慇懃《いんぎん》無礼《ぶれい》の素がムキダシになってるのか。

「ところで、トリセツは？　一緒じゃないのか」

「別に、我々は付き合っているわけではありませんからね。お二人こそご存じではないのですか」

「どうでもいいや、役立たずだから」

さて、と。じっとしててもしょうがない。日暮れが迫っている。

「私も、野営できる場所を探すことには賛成ですが、ピピさんにだいぶダメージが入っているようですから、奥まった場所や狭いところはいけませんね」

郭嘉はぐるりと周囲を見回した。

「このあたりで、夜気と風雨を凌《しの》ぐことができて、なおかつ見通しのいい建物となると、やはりあれでしょう」

道の向こうの学校である。

「設備も整っているでしょうし、どうしても建物のなかに入るのがお嫌であれば、校庭でキャンプすることもできましょう」

これにはピピも賛成した。三人（正確には二人と一体）で道を渡る。近づいてみると、フェンスの土台のコンクリート部分に、ペンキで〈正門はあちら←〉と、ぞんざいな表示が書いてあった。

「校舎、だいぶくたびれてるけど、木造じゃないのね」

鉄筋コンクリート造の三階建てです。校庭を挟んで向かい側に、体育館と屋外プールあり。プールの水は苔《こけ》みたいな色になっている。ピピはまたビクついた。

「あたし、あのプールには近づきたくない」

「わかったわかった」

正門脇《わき》に、立派な掲示。

〈町立中学校〉

固有の学校名は抜きである。

けっこう重厚な構えの正門は、閉じてはいたが鍵《かぎ》もかんぬきもなく、押すと甲高い音をたてて軋《きし》みながらゆっくりと開いた。土埃《つちぼこり》の混じった風が吹きつけてくる。

「校庭、土の地面だね」

移動式のバスケットゴールが二つ、揃《そろ》ってやや右に傾いて立っている。なぜかしらサッカーゴールは仰向けにひっくり返っている。

校庭の端の歩路《ほろ》を進んでゆく。左手に校舎の窓の列。カーテンがないので、内部が丸見えだ。教室が並んでいる。黒板と机と椅子《いす》。一クラス三十人ぐらいだろうか。

「生徒の数が多いようですね」

学校の構えもでかい。その点からも、ここは村ではなく市だと考えた方がよさそうだけれど、でも〈町立〉なのだ。

校舎の正面玄関はガラス扉になっており、その奥にずらりと靴箱が並んでいる。カクちゃんに寄り添って離れないピピを置き去りに、ピノは歩路をちょっと先まで行ってみた。校庭と歩路を仕切る植え込みの先に、タイル張りの水飲み場が見えたからだ。蛇口が横に六つ並んでいる。ひねってみたら、きれいな水が出た。運動部員たちが重宝しそうな水飲み場である。

それぞれの蛇口の下には、赤いネットに入った黄色い石鹸《せっけん》がぶら下がっている。触ってみると、からからに乾いていた。

「飲み水の心配は――」

なさそうだぜと言いかけて、ピノは口をつぐんだ。ピピと郭嘉が、同じ角度で顔を上げて、校舎の二階の窓を仰いでいる。

ピノもゆっくりと視線を持ち上げた。

窓という窓に、あの三角錐頭が鈴なりだ。首から下は学生服とセーラー服。

「ピノ」

目は頭上に釘付《くぎづ》けのまま、ピピが小声で呼んだ瞬間に、三角錐頭の群れが窓辺から消えた。つまり引っ込んだわけでして、当然のことながらそれに続くのは――

どどどどど！

足音だ。ピピが悲鳴をあげて回れ右をした。「逃げてぇ！」

正面玄関を含め、校舎の一階に三ヵ所ある出入口から、三角錐頭中学生軍団がどっと溢《あふ》れ出てきた。

「ぎゃあああああああ〜！」

再び逃走するピノピ。何と郭嘉も中空を走っている。浮遊移動も瞬間移動もせずに、両足を足漕《あしこ》ぎボートを漕ぐみたいにぶん回して疾走する。

「何でカクちゃんまで逃げてンのよ！」

「私もああいうのは苦手です！」

　正門を抜けて道へ飛び出し、市役所と病院の前を通り越してさらに走る。さっきは気づかなかったけどその道はT字路になっていて、突き当たりにはずんぐりした三階建てのビルが建っていて、その入口は自動ドアで、センサーが甘いのか三人が接近するとぱかっと開いてしまい、疾走の勢いのままピノピと郭嘉はその内側に飛び込んだ。

　入ったところはホールみたいな場所。正面に〈総合受付〉の表示と横に長いカウンター。三人はカウンターを飛び越えて、その陰に身を隠した。

　ぜいぜい、はあはあ。幽霊の郭嘉も息切れしてるのはどういうわけだ？

「あ、あれは何ですか？」

「だから、あれがこの市だか町だか村だ

かにいっぱいいる化け物なのよ！」

カウンターの陰に隠れるだけじゃ気が済まず、べったりと床に伏しているピノピ。郭嘉は横になって、床から十センチばかり浮いている。

「追ってきませんか？」

どどどどど。足音はこの建物の前を右折して通過していったようだ。

「行っちゃったみたいだ」

ピノが真っ先に立ち直った。身を起こすだけじゃなく立ち上がろうとして、ピピに引っ張られる。

「やめて！　見つかっちゃう！」

「もう大丈夫だって」

「こ、この建物のなかは大丈夫なんでしょうかね」

目を泳がせて、郭嘉が周囲を観察する。カクちゃんよりは冷静に、ピノもあたりに目を配った。そして壁の掲示に気がついた。

〈取り出すな　指をかけるな　向けるな人に〉

こんな標語がある場所は限られている。

「ここ、警察署だよ」

見れば、あちこちに表示が下がっている。〈交通課〉〈防犯課〉〈市民相談係〉。

「制服の人がいないと、意外とわかりにくいもんだね」

ちなみに、先ほどの標語は拳銃《けんじゅう》の取り扱いに注意を喚起するものであります。向けるな人に。

「どうしよう……」

ピピはまた半泣き顔になっている。

「逃げ回ってるだけで陽《ひ》が暮れちゃった」

建物のなかは外より暗く、互いの顔もよく見えないくらいだ。

と、頭上でちかちかと光が瞬《また》いた。天井にずらりと並んだ蛍光灯が、順番に点《つ》いてゆく。それと同時に、重々しい音をたてて窓のシャッターが下り始めた。

「自動式になってンのか」

「この市だか町だか村だか、電気がきてるのね」

「電柱が立ってましたからねえ」

蛍光灯特有の青白い光――しかも、だいぶ老朽化しているのか両端が黒ずんでしまっているようなブツだけど、暗いままでいるよりははるかに心丈夫だ。

「灯《あか》りがあるのは有り難い。シャッターのおかげで、外から見つけられる心配もありません。内部の様子を確かめて、安全なようなら、今夜はここで過ごしましょう。警察署なら、水や食料品の備蓄もありそうです」

「カクちゃん、水や食べ物が要《い》るの？」

「お二人の心配をしているのですよ」

ンなやりとりをしながら、まだカウンターの陰から出る気にならないピピと郭嘉である。

「カクちゃん、あの三角アタマ、何？」

ピノの質問に、郭嘉は即答した。「化け物です！」

それはわかってんだよ。

「全知全能のあんたが知らねえの？」

「全知全能にも方向性というものがあります」

「カクちゃんの同類じゃないのかなあ」

ピピは、〈国際日報〉の女性記者卒倒のエピソードを説明した。

「記者さんは、カクちゃんに会ってショックがぶり返しちゃったっていうんだから、てっきりカクちゃんと同タイプのお化けに遭遇したんだとばっかり思ってたのに」

「あの三角錐頭が、美形の私と同タイプに見えますか？」

お化けと化け物は違いますと、郭嘉は拳《こぶし》を握りしめて力説する。

「ま、この世のものじゃないって点は共通してるけどな」

カウンターの内側に飛び込んだとき、ちょこっと頭をぶつけたピノは、そこをすりすりと擦《さす》りながら考えを整理する。

「でも、確かにタイプは違い過ぎるよな。見てくれだけじゃなく、あの三角錐頭どもは、いつも走ってオレらを追っかけてくるだろ？　カクちゃんみたいに浮遊しないし、パッと消えてパッと現れたりもしない」

だとすれば、気が滅入《めい》る仮説だけど、

「このボツの場には、きっと、あいつらとは別に、カクちゃんみたいな幽霊タイプのクリーチャーもいるんだよ」

ピノには思い当たる節があるのだ。森のなかでポッカレイ種の丸顔の馬と別れるとき、下藪《したやぶ》の陰から覗《のぞ》いていた顔のこと。

ピピが両手で目を覆った。「あたし、そんなの確かめたくない。早く帰りたい」

「それには出口を探さないと」

「御意《ぎょい》。探索するしかありません。大丈夫ですよ、ピピさん。このなかで、地図とか武器とか、外部との連絡手段とか見つけられるかもしれない。何といっても警察署です」

「警察署が大変なことになってる有名なゲームがあるんだけど」

シャッターのない正面出入口から見えないように、カウンターの内側をずっと這《は》っていって、窓の下まで行ってようやく立ち上がった三人である。

「カクちゃん、はいはいできるのね」

「この際、何でもいたします」

ホールから短い廊下を奥に進むと、待合室があった。木のベンチが並んでいて、部屋の端っこにはピノピと同じくらいの大きさの銅像が据えてある。着物姿でちょんまげ、歩きながら読書している少年の像で、台座のプレートには〈二宮金次郎像〉と記されていた。

「この銅像のどっかにメダルをはめ込むプレートがついてて、仕掛けを解くとドアが開いて先へ進めるようになるんじゃない？」

それは、警察署が大変なことになってる有名なゲームの仕掛けです。

「ンな手間かけなくても、ここを通り抜けて先の廊下へ出られるよ」

その廊下と、そこに面した部屋はえらいことになっていた。

「何これ。瓦礫《がれき》？」

椅子だの板きれだのキャビネットだのが持ち出され、部屋の出入口に積み上げられて、
半ば崩れかけている。

「全知全能の私が見るところ、これはバリケードですね」

警察署が大変なことになってる有名なゲームを真似《まね》て、この警察署も大変なことにな
ってるらしい。

「来るんじゃなかった……」

「しっかりしろ、ピピ姉。オレらは伝説の長靴の戦士なんだぞ」

振り向いてピピを叱《しか》りつけたとき、ピノの視界に、さっきの二宮金次郎像がちらりと入った。

——ん？

二宮金次郎が背負っている薪《たきぎ》の束の陰から、今また別の顔が覗いちゃいなかったか。

まばたきして見直す。二宮金次郎は一人きりで、薪を背負って読書している。

ごくり。

そのとき、手前の部屋のなかから何かぼそぼそと人の声のようなものが聞こえてきた。

崩れかけたバリケードの奥である。

「誰かいるのか？」

呼びかけても返事はない。人の声のようなものが、ザーザーという雑音に変わった。

ピノと郭嘉は同時に、その部屋の表示を見上げた。〈通信室〉。

「オレ、ちょっと見てくる」

バリケードの一部を崩し、器用に身をひねってくぐり抜けて、ピノは通信室に入り込んだ。

大きな機材が設置してある。電源は入っていて、パネルに赤や青のライトが点いている。ゆっくりとカウンターが動いて数字を表示しているのは、何に使う機械だろう。そのカウンターの数字が、見守るうちにきわめて不吉な並びになって、そこで止まった。666。獣の数字。

ピノは頭を掻《か》いて呟《つぶや》く。「悪いけど、仏教圏の人間にはピンとこなかったって、うちの作者が言ってる」

オーメンなさいね。あ、〈ごめんなさい〉とかけてるんですけど、わかります?

通信担当者の席には、小粋《こいき》な角度に首を曲げたマイクがある。椅子の背もたれに、紺色のジャンパーがかけてあった。その胸元に縫い取りがある。〈警察署〉。ここでも固有名詞はなし。何か意味があるのか。それとも単なる手抜きなのか。

ザーザーという雑音は、壁掛け式になっているストッカーにたった一台だけ残された無線機から漏れているのだった。ピノはそいつを手に取って、耳にあてた。すると雑音はやんでしまった。

三チャンネルあるらしく、ボタンが三つ並んでいる。順番に押してみて、

「もしもし?」「こちら警察署、応答せよ」「伝説の長靴の戦士ですが、誰か聞いてませんか?」

呼びかけても応答はない。ともかくゲットして廊下に戻った。

「無線機だった。ピピ姉、持ってて」

隣の部屋は会議室だった。バリケード越しに覗くだけでも、内部の惨状はよくわかっ

た。机がひっくり返り、椅子がぶっ飛び、書類が散乱し、壁は弾痕《だんこん》だらけである。

手前の机の下に拳銃が一丁落ちていた。ピノは潜り込んでいって拾い上げた。あいにく、弾倉は空だった。そこらじゅうに薬莢《やっきょう》が散らばっている。

物騒な眺めだ。けど、血痕は一滴もない。

――幽霊相手に銃撃戦か？

よっぽど取りのぼせたんでしょう。向けるな人に。

その先の部屋は、ドアが内側から封鎖されているらしく、びくともしない。突き当たりに階段とトイレがあった。

二階は、階段と廊下の仕切りのところにバリケードが設けてあった。その奥は灯りが点いていない。三階はどうかとのぼってみたら、同じ眺めだった。

「この階段で屋上にのぼれるようですね」

踊り場に表示が出ている。

「広い場所に出たら、無線が通じるかもしれないよね？」

根拠があるようなないようなピピの意見で、三人は屋上へ進んだ。重そうな金属製の防火扉には鍵がかかっていない。

下はコンクリート打ちっ放しで、周囲に腰の高さほどの柵《さく》をぐるりと巡らせた屋上には、給水タンクと小ぶりな電波塔が立っていた。

警察署の建物は長方形で、その四隅にライトが設置され、灯りが点いている。でもその程度の光では、たいした距離を照らせない。隣接している駐車場に、パトカーが一台も残っていないことが見て取れただけだ。

「どうにも不明瞭《ふめいりよう》ですね」

ご本人も不明瞭な存在である郭嘉が、夜風にふわふわしながら腕組みをする。

「せめてマップがあれば、ずいぶんと楽なのですが……」

「今夜はここで一泊するしかないね」

「やっぱり泊まるのぉ？」

ピピの嘆きにかぶって、彼女の手のなかで無線機がザーザーと雑音を発し始めた。

「何かキャッチしたみたい！」

雑音に、人の声が混じってきた。三人は耳を寄せる。

「――あぼだぼだがね」

「――すべらばなびだげ」

「――だがんでおばんじょ」

呪文《じゆもん》でしょうか。

「――すんだがどばだら」

音声の切れ目をとらえ、応じようとしたピノの耳をつかんで、ピピが必死に止めた。

「返事しちゃ駄目！」

「何でだよ」

「こんな変な言葉、ヒトがしゃべってるわけない！」

「そう決めつけるのは早計かと」

揉《も》めてるうちに人声は消え、また雑音が戻ってきた。うるさい。だんだん音量が増してるみたいだ。

「無線が妨害されてるのかなあ」

ピノは顔をしかめる。ピピは音量を調整できないかと無線機をいじくる。郭嘉はまわりを見回している。そのあいだにも、雑音はどんどん大きくなる。

ごおん。

お腹《なか》の底に響くような音がたった。

「――お二人」

郭嘉の声が震えている。

「また、おいでになりました」

〈ごおん〉は、屋上に通じる重たい金属扉が開き、塔屋の壁にぶつかった音だった。

金属扉の内側には、三角錐頭がぎっちり。首から下は巡査の制服。

「**ぎゃあああああああああ〜！**」

退路なし。狭い扉のところで三角錐頭たちは押し合いへし合いしている。その隙《すき》に、ピノピは屋上の端まで突っ走って、柵を飛び越えた。

「ピピ姉！」

「わらわら、繭防御《まゆぼうぎょ》！」

「私、飛び降りられません！」

「カクちゃんはもともと浮いてるでしょ！」

「あ、そうでした！」

首尾良く地面にぽよんと着地して、またぞろ脱兎《だつと》のごとく、夜道を逃走する三人。幸い、しょぼいけど街灯が点いている。その姿を、屋上の柵にたかった三角錐頭巡査たちが見送っている。

「もうイヤだ～！」

序盤はともかく逃げてばっかり。これ、ホラーゲームのお約束その②。

第7章 ほらホラHorrorの村・3

またまたどうにかこうにか三角錐《さんかくすい》頭軍団を振り切ったピノピと郭嘉。ふと我に返ると、ディスカバー・ジャパン的な町並みのなかに戻っていた。

「でもここ、最初の場所とは違うよね」

緩やかな坂道に沿って、木造建築の旅館がちまちまと立ち並んでいる。背後にはこんもりとした森。しょぼい街灯の光はそこまで届かず、真っ暗な影になっている。

周辺の建物がなぜ〈旅館〉だとわかるのかと言えば、「旅館　山本屋」とか「橋田旅館」とか看板が掲げてあるからだ。「民宿みゆき」とか、「ホテル栗原《くりはら》」なんてのもある。

ピノは鼻をくんくんさせている。

「ちょっと臭いな……」

もう、それだけでビビっちゃうピピ。

「え？　何か怪しい？　何かいた？」

「違うよ、匂《にお》いの方のクサい」

浮遊タイプの霊体のくせに両足をぶん回してここまで逃げてきた郭嘉は、あがっていた息をようよう整えて、ひとつ深呼吸。

「――これは温泉の匂いですね。硫黄臭《いおうしゅう》ですよ」

そういえば、あたりにはうっすらと湯けむりが漂っている。

「ここ、温泉街なんだ！」

この市だか町だか村だかは、温泉の湧《わ》く観光地なのでした。

「ていうか、地の文でいつまでも〈市だか町だか村だか〉とか書いてンじゃねえよ。自分で決めりゃいいだろ、作者！」

「まあ、実害はありませんから放置しておきましょう。それより、ひどい有様ですねえ」

と、郭嘉は眉《まゆ》をひそめる。

確かに、どの旅館もホテルも出入口は開けっ放しだ。覗《のぞ》き込んでみると、スリッパが散乱しているわ、客用の膳《ぜん》が料理の器ごとひっくり返っているわ、旅館の名入り手ぬぐいが手すりに引っかかっているわ、浴衣《ゆかた》や褞袍《どてら》が脱ぎ捨てられているわ、めちゃめちゃだ。窓ガラスが割れているところもある。

「あたかも、逗留客《とうりゅうきゃく》と従業員たちが何かに襲われ、前後を忘れて外へ逃げ出してしまったかのように見えますね」

「何で外に逃げたってわかるのさ」

「スリッパは残っているのに、下駄《げた》や靴はほとんど見当たりません」

ピノピもぐるりと周囲を見回して、郭嘉の推測を確認した。

「じゃ、ここもあの三角錐頭軍団に襲われたのね」

盛大にビビるピピは、ピノにぺったりくっついている。

「ねえ、早くここを抜けようよ。どっか他所《よそ》に行こう」

「行くったって、どこに」

「森に入ろうよ。あたしたち、山の森を抜けてここへたどり着いたんだもの。出口は森のなかにあるはずよ」

「そう簡単な話じゃないと思うけどなあ」

ピピにくっつかれたまんま、ピノは郭嘉の顔を見た。

「このボツの場に入り込む前に、オレら、ウィゴット村ってとこに寄ってきたんだ」

そこで門番のおじさんから、「木が枯れて、ハゲッちょろけてるだろうがね！」という話を聞き、

「登ってきてみたら、ホントに山の森が枯れてたんだよね。木立は白っちゃけて、葉っぱがみんな落ちちゃっててさ。けど、足元に積もってる枯葉はじっとり湿ってて、嫌な臭《にお》いがしてたんだ」

「その場合は、枯葉ではなく〈病葉《わくらば》〉とおっしゃるといいでしょう」

カクちゃんの豊かな日本語表現講座その①でした。

「しかし、この温泉街を取り囲んでいる森は、夜目にも黒々と深く繁《しげ》っていて、枯れているようには見えませんねえ」

「だろ？　だからあれはマップの一部。書き割りみたいなもんだと思う」

郭嘉はうなずいた。「となると、脱出するためには、森が枯れている場所を探すべきだということになりますね」

そこなら、ボッコニアンの現実世界とリンクしているはずだ。

「だったらなおさらよ。森に入って、枯れてるとこを探そう。あたし、もうこの市だか町だか村だかのなかにいたくない」

ピピがせっつくので、しょうがない、ピノは白状することにした。

「あのね、ピピ姉。オレ、黙ってたことがあるんだ」

ポッカレイ種の丸顔の馬と別れたときと、さっきの警察署の二宮金次郎像のそば。そのどちらでも、心霊写真的な現象を目撃したことを、ピノは説明した。

ピピは寒天みたいな顔色になった。

「そんなぁ……」

「二度も見ちゃったから、もうしょうがない、認めざるを得ないよ。やっぱ、ここには幽霊タイプのクリーチャーもいるんだ。仮説じゃなくて、いるんだ。だから暗いうちは動き回らずに、灯《あか》りがあるところに留《とど》まってた方がいいと思う」

「私もそう思います。三角錐頭軍団からは走って逃げることができますが、霊体クリーチャー相手では、その手が通用するかどうかわかりません。ここは安全策をとりましょう」

べそべそ泣いてるピピの手を引いて、ピノは歩き出した。郭嘉もふわふわしつつ、慎重に進んでゆく。

「どこか一晩泊まれそうな、ましな状態の旅館はありませんかねえ」

旅館はどこも繁盛している設定であるらしく、玄関口に掲げられた〈歓迎〉の黒板には、いろいろなお客さんの名前や団体の名称が白いチョークで書き記されている。

個人客の場合は〈高橋様〉〈徳永様〉。団体客の場合は〈集英社文芸編集部御一行様〉という具合。

おや？

〈朝井リョウ君の直木賞受賞を祝う会御一行様〉

小説すばる新人賞の関係者だ。せっかくのお祝いなのに、とんでもないところに来ちゃったねえ。

どの看板も、〈歓迎〉と〈様〉と〈御一行様〉の部分は白ペンキで書かれているので、くっきりと太い。しかも非常に達筆だ。

「これはみんな同一の手跡ですね」

ふむふむと検分しつつ、郭嘉が呟《つぶや》く。

「なかなか筆耕に優れた人物の手になるものです。温泉街の看板担当者ですかな」

一方、白チョークで書き足された個別の名前や名称の部分は、それぞれの旅館やホテルでてんでに書くらしく、筆跡も下手《へた》だったり上手《うま》かったりバラバラである。

「この手跡はとりわけ見苦しい」

郭嘉が大いに顔をしかめたのは、〈株式会社大沢オフィス御一行様〉。

「こういうところで丸文字はいけません」

「どうでもいいから早く行こうよ」

しばらく進んでゆくと、ザザザという雑音が聞こえ始めた。ピピが飛び上がる。

「無線だ！」

リュックのポケットに突っ込んだ無線機が鳴っているのだ。

「――すべらばなびだげ」

「――ほんがでどだんじょ」

「――どだばらあべいが」

三人は顔を見合わせた。

「警察署で、これが聞こえ始めたら」

「三角錐頭巡査軍団が登場しましたよね」

つまり、あいつらが接近してくると、無線機がこの雑音とへんてこな声を受信するということではないか？

「ここは『サイレントヒル』のパクリだな」

「逃げようよ！」

ピピが無線機を放って駆け出したので、ピノはそれをキャッチして後に続く。郭嘉は周囲を哨戒《しょうかい》しながら浮遊速度をアップする。

「ねえ、雑音がどんどん大きくなってる！」

へんてこな声のボリュームもあがり、言葉がよりはっきりと聞き取れるようになってきた。三角錐頭軍団が近づいている。

「早く！　こっちへ！」

温泉街のどんづまりには、横に平べったいコンクリートの建物があった。黄色いライトで照らされた看板には、

〈町立共同温泉　スーパースパ湯けむりの郷《さと》〉

「灯りがついています。とりあえずあそこへ逃げましょう」

「また変なものが潜んでない？」

スーパースパ湯けむりの郷は、建物の前が広い駐車場になっていた。車が数台停《と》まっている。出入口の自動ドアの脇《わき》には自動販売機が並んでいて、すべて稼働しているようだ。

ピノピが近づくと、自動ドアはすうっと開いて、合成音声が呼びかけてきた。

「イラッシャイマセ」

その途端に、無線機の雑音がぴたりとやんだ。へんてこな声も消えた。ピピがへたへたと膝《ひざ》から崩れそうになる。

「ふ、振り切ったのかしら」

湯けむりの郷の内部は明るく、広々としていた。入ってすぐのところはロビーで、正面に受付カウンターがある。左手には売店コーナーと軽食コーナー。テーブルと椅子《いす》が並んでいる。冷蔵ケースのなかには飲み物が入っており、スナック菓子やパンも並んでいた。

「整然としていますね」

ただ人気《ひとけ》がないだけで、乱れた様子はない。ゴミさえ落ちていない。

「温泉の匂いが強いね」

カウンターの脇の通路が共同浴場に通じているらしい。表示が出ている。大浴場、露天風呂、家族風呂、ジャグジー。

軽食コーナーの脇には小さな厨房《ちゆうぼう》があり、食券の販売機が置いてあった。きちんと片付けられていて、残念ながら食材はない。ラーメンもたこ焼きも食べられそうにない。

「でも、とりあえずは安全な感じ」

座り込むピピ。ピノの手のなかで、無線機は沈黙したままだ。

「もしかするとここ、セーブ部屋なのかもしれないな」

タイプライターも日記帳も、アイテムボックスもありませんけどね。

そこらをふわふわと見回ってきた郭嘉が、

「軽食コーナーの奥に和室があります。仕切りがあるので、外からは見えません」

和室には長方形の座卓が据えてあり、座敷の隅に座布団が何枚も重ねてあった。やれやれとリュックをおろし、ピノは座って足を休める。ピピはぱたりと倒れてしまった。

「ああ、お腹《なか》すいた」

「売店から食べ物をもらっちゃおう」

ようやく人心地がついたピノピである。郭嘉のたたずまいも、心なし先ほどまでよりふわふわ度がアップしている感じだ。

「夜明けまで、ここで休みましょう」

ああ、ぐったり。

そのとき、「コホン」と咳払《せきばら》いが聞こえた。

ピノは、横になったまま和室の天井近くまで飛び上がるというピピの離れ業を目撃した。

「ピピ姉、すげえ！　『エクソシスト』みたいだ！」

「くだらないこと言ってないで逃げるわよ！」

「コラコラ。そんなに慌てずともよい。お平らにお平らに」

へ？　何でしょう、この落ち着き払ったおじさんぽい声は。

「どこでしゃべってるの？」

「ついにナレーション導入かよ」

「違う違う、私はナレーターではない。このやりとり、陳寿殿が登場されたときと同じことの繰り返しではないか。少しは学習しなさい」

へ？　へ？　へ？　というピノピを尻目に、郭嘉がふわふわしつつも居住まいを正した。

「おお、これはもしや」

「カクちゃん、心当たりがあるの？」

「はい」とうなずき、郭嘉は和室の天井を仰いで呼びかけた。

「もしや、裴松之《はいしょうし》様ではございませんか？」

どこからか満足そうな含み笑いが聞こえた。

「さすがは郭嘉だのう」

ハイショウシ？

「二軍三国志の場ではお出ましがございませんでしたが、このようなところでお声がかりをいただけるとは、この郭奉孝《かくほうこう》、光栄の至りでございます」

ちなみに、奉孝はカクちゃんの字《あざな》です。

深々と一礼しておいて、郭嘉はピノピに言う。「裴松之様は、五世紀の宋《そう》にて文帝《ぶんてい》に仕えたお方です。文帝の命により、陳寿様が記された『三国志』に、注記をほどこされたのですよ。裴松之様が注記された三国志には、陳寿様が切り捨てた異説やエピソードが豊富に取り入れられていたので、読み物として一段と興趣に富んだものになったのです。それが後世の羅貫中様の『三国志演義』にも繋《つな》がるわけで、裴松之様の果たされた役割は、とても大きかったのですよ」

「そのとおり、そのとおり」

歴史上の著名人物は、謙遜《けんそん》しないものでございます。

「へえ……」

「だからあなたも、陳寿さんや羅貫中さんと同じで、声だけの存在なのね」

「だけど、三国志関係のヒトが、今さら何の用？」

あまりにも不躾《ぶしつけ》ですが、もっともな質問ではあります。

「だって、二軍三国志じゃ私だけ出番がなくってつまんなかったんだもん」

歴史上の著名人物、女子高生のように拗《す》ねます。

郭嘉は頭を掻《か》いて恐縮。「まことに申し訳ございません。実は私も案じておりました。あの陳寿様と羅貫中様の大勝負は見事なものではございましたが」

「カルトクイズ勝負ね」

「しかも三国志とはぜんぜん無関係だった」

ちょっとお静かにと、郭嘉がピノピを諫《いさ》めた。

「この郭奉孝は、本来でしたら、あの勝負には裴松之様も加わるべきではないかと考えていたのでございますが――」

「あ！」と声をあげて、ピノは手を打った。

「そういえばカクちゃん、あのとき変なこと言ってたよな？」

「あのときって？」

「赤白モンスターが出てきたときだよ」

そうです。郭嘉はちょっと身構えて、こんなことを申しておりました。

――困りましたね。

――ここまで蚊帳《かや》の外に置かれてお怒りの方が、おでましになるのかもしれません。

「あれって、裴松之のおっさんのことだったのかぁ！」

もう〈おっさん〉呼ばわりのピノだ。

「すると郭嘉よ、そなたは私をあのようなできそこないのモンスターと混同しておったのかな？」

「いえいえ、そんな滅相もございません。ただ、長江の水が力強く逆巻く様を目にいたしまして、これほどの御業《みわざ》を成せるお方はほかにはいないと推察したばかりにございます」

ふわふわしながらぺこぺこするのって難しいと思うのですが、郭嘉は器用にやってのけます。

「まあ、よい。そなたは私の存在を忘れていなかったということで、よしとしよう」

「有り難きお言葉にございます」

ふうん、と、ピノは座卓に頬杖《ほおづえ》をつく。

「で、裴松之のおっさん、何の用？」

ちょっと失礼よと、今度はさすがにピピが姉さんらしく注意した。

裴松之は笑っている。「特に用があるわけではないが、私は注記や注釈をすることが仕事なのでな。そなたらの今の状況についても、少しばかり注釈&助言をしてやろうかと思っただけだ」

「ホント？」

現金なもので、ピノは途端に座り直した。「助かります！　ありがとう」と、ピピも満面の笑みを浮かべる。

「裴松之様、我々がこの苦境を乗り切るためには、何を致せばよろしいのでしょうか」

熱心に身を乗り出し、殊勝な顔つきをすればするほど、郭嘉は持ち前のうさんくささが前面に出てくるところが皮肉です。

「郭嘉よ、そなた、頼りにならなすぎ」

ばっさり断罪である。

「しっかりせんか。参謀のそなたが真っ先に逃げてどうする？」

郭嘉は平伏した。「面目次第もございません」

「落ち着いて、もっと相手をよく見ることだ。本当に危険な敵と、敵ではない存在とを見分け、適切な作戦を立てることこそ参謀の務め。よいな？」

「はい、かしこまりました」

「って、お説教だけ？」

「説教ではない。きわめて適切な注釈と助言である」

並んで天井を見上げているピノピの上に、突然数枚のカードが現れて、ひらひらと舞い落ちてきた。一枚はピノのおでこに張りついた。

「これ、なあに？」

赤いカードだ。ちょっと大きめの切符くらいのサイズである。

「オレ、退場になるの？」

「私は蹴球《サッカー》の審判員ではない」

それはチケットだと、裴松之様は仰《おお》せになる。

「一枚で一回使える。名付けて〈教えて裴松之先生チケット〉」

先に進めずに困ったときは、これを頭上に掲げ、「教えて、裴松之センセイ」とお願いすればよろしいのだそうです。

「あ〜、ハイハイ」

ピノはしらけてるけど、ピピはチケットを揃《そろ》えてリュックにしまった。三枚ある。

「カクちゃんの全知全能は方向性が限られてるので、裴松之先生がいてくださるのは心強いです」

「うむ、そなたは素直な良い子だ」

「しかし、裴松之様が我らの旅路をご覧になっておられるとは驚きました」

「なぁに、ちとツキを変えたいと陳寿殿が散歩に行ってしまわれたのでな。ヒマだから覗いておっただけよ」

ツキを変える？　陳寿が？

「裴松之様、陳寿様とご一緒に何かしておられるのですか」

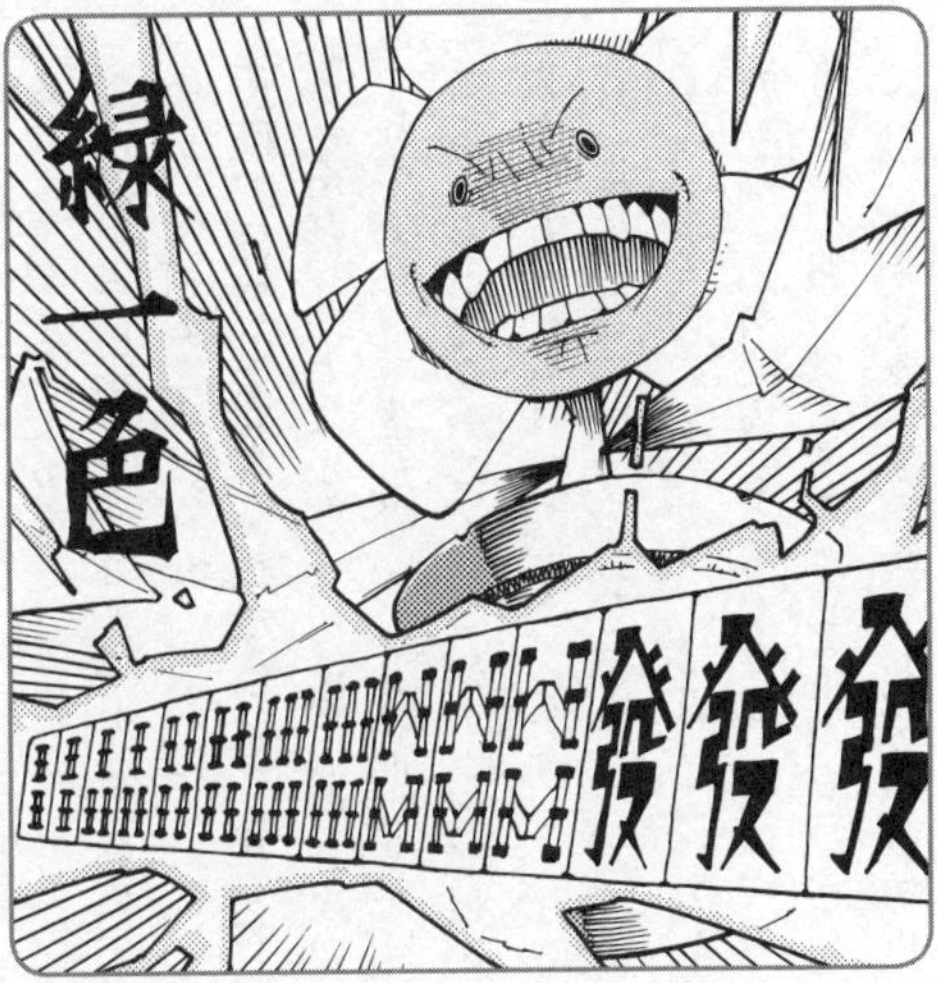

「羅貫中も一緒に、麻雀《マージャン》をしておる」

　クイズ勝負が中途半端に終わっちゃったからだそうです。

「現状、陳寿殿は一人負けでな。いささかクサっておられるのだよ」

「三人麻雀ですか？」

「もう一人おるよ」

　そなたたちの仲間が、と言う。

「トリセツとかいう鉢植の精霊。なかなか強いのう」

　ピノピは呆《あき》れ、郭嘉は笑い出した。

「陳寿殿は、負けを取り戻すまで勝負を続けると仰せだから、まだまだ先は長そうだ」

「結構です。トリセツ、差し上げます。二度と戻ってこなくても、あたしたちはかまいませんから」

「そうか。では、ひとまずはここでさらばじゃ」

裴松之が去っても、郭嘉はしばらくのあいだクックッ笑っていた。

「もう、呑気《のんき》なんだから」

「すみません。トリセツさんは麻雀も強いのですねえ」

「あいつ、何のために存在してんだか」

正直、作者にもよくわからなくなってきました。

ともあれ、強力（かどうかは判然としないけど）な注釈者も現れたことだし、お腹がふくれて気持ちも落ち着いた。座布団を枕《まくら》にピノが寝っ転がろうとすると、

「ここ、お風呂があるんだよねえ」と、ピピが言い出した。「走って逃げてばっかりで、あたし、汗かいちゃった」

「ひと風呂浴びようっての？」

「ここは安全みたいだから、大丈夫じゃないかなあ。売店にTシャツや下着が置いてあったから、着替えることもできるし」

もちろんお金はちゃんと払う——と、ピピは生真面目《きまじめ》だ。

「では、私が見張りを務めましょう。無線機をそばに置いて、あの雑音や面妖《めんよう》な声が聞こえてきたら、すぐお二人にお知らせします」

郭嘉が請け合ってくれたので、ピノもその気になった。

「タオル借りられるかな？」

「きっと、大浴場の脱衣所に置いてあるわよ。スーパー銭湯って、よくそうなってる」

「いや、ここはスーパースパだってば」

「同《おん》じよ」

何だか和んじゃって、ビニールスリッパをぺたぺた鳴らしながら大浴場へ向かうピノピ。ピノがベルトに差している無線機は、依然、おとなしく沈黙したままだ。

大浴場の入口は、引き戸が左右に並んでいて、右に〈男湯〉、左に〈女湯〉の暖簾《のれん》が下がっている。壁に掲示してある案内図によると、大浴場のなかを通って露天風呂に行くことができるらしい。

「まずは偵察しないとな」

女湯の暖簾を撥《は》ね上げるピノ。心なしか足取りが弾んでおります。

引き戸を開けると、脱衣所には濃い湯けむりが立ちこめていて、ロッカーやスツール、洗面台、そこここに重ねてある脱衣籠《だついかご》や、タオルの入った棚が霞《かす》んで見える。お、マッサージ椅子もあるぞ。

「すごい湯気ねえ」

ピピは手で顔のまわりを払っている。

「温泉って、みんなこうなの？」

「まさに湯けむりだな」

「でも、蒸し暑くないね。誰も入ってないからかなぁ」

実体がない郭嘉は湯気にまぎれてしまい、もう姿が見えなくなってしまった。

「カクちゃん、いる？」

「ここにおりますよ」

脱衣所と風呂場の仕切りは、ガラスの引き戸だ。ガラスは湯気で曇り、内側に水滴がびっしりとついていて、流れ落ちている。

「重たいな……よいしょと」

足ふきマットの上で踏ん張って、ピノがガラスの引き戸を開けた。いっそう濃い湯気が溢《あふ》れ出してくる。

その湯気が、冷たい。

ピノはその場で固まった。ピノのすぐ後ろでピピも固まった。

「ピピさん、ピノさん、どちらです？」

背後の湯けむりのなかで郭嘉の声がする。

温泉の湧いてる風呂場なのに、立ちこめている湯気が――

どうして、こんなに、冷たいの？

その冷たい湯けむりのなかに、誰かいる。誰か、じゃない。単数じゃない。複数もいいところだ。いっぱいだ。白くて冷え冷えとした霧のなかに、青ざめて表情を欠いた顔がいっぱい潜んでいる。

その顔、顔、顔が、一斉にピノピの方に目を向けた。

三度《みたび》、あの心霊写真的な顔の出現。しかも今度は大群だ。

「ぎゃああああああ〜！」

第7章
ほらホラHorrorの村・4

安全地帯だったはずの〈スーパースパ湯けむりの郷〉から逃げ出して、温泉街からも遠ざかり、またまた息があがるほど走り続けたピノピたちである。

「――森に入っちゃったな」

背景的な、正常な森である。どこも枯れていない。それじゃ困るというところが困りものだ。

「何でよ？　何でこうなるの？」

ピピはぜいぜい喘《あえ》ぎながら泣いてます。

「こういう森には出口がないんでしょ？　枯れた森に入らなくちゃダメなんでしょ？　出ようよ。灯《あか》りのある場所に戻ろう」

郭嘉はまわりを見回し、頭上を仰ぎ、

「おや、月がふたつ出ていますよ」

指さす夜空には、確かに鎌《かま》のような三日月がふたつ、ぶっちがいになってかかっていた。妙に青白く、爬虫類《はちゅうるい》の白目みたいにぬめっとした感触がする冷たい月だ。気が滅入《めい》るような光を放っている。この下では、郭嘉ばかりかピノピまで幽霊のような顔色に見える。

「異様な眺めですねえ……」

「真っ暗になるよりはマシだけど」

月の光に、小道がうねうねと、森のなかを抜けて続いているのが見える。

「とにかく、先へ行ってみよう」

幸い、無線機は沈黙している。

ピピはまだちょっとめそめそしている。ピノはピピの手を引いて、わざと下草を乱暴に蹴《け》り上げ、どたどた進んだ。カラ元気でも、その方がいいような気がしたのだ。

一方、二人の後ろを浮遊する郭嘉は、だんだん挙動が怪しくなってきた。頭の上に手をあげたり、小首をかしげたり、耳に触ったり、鼻をつまんだり、べろべろばあをしたりしながら、ああでもないこうでもないとぶつぶつ呟《つぶや》いている。

「カクちゃん、うるさい」

「相済みません。ひとつ思いついたことがありまして、しばしご猶予を」

「何やってんだ？」

と、そのとき。浮遊する郭嘉の頭上十センチばかりのところに浮いている件《くだん》の〈天使の輪っか〉が温かな光を放った。

「おお、できた！　できました」

ピノピも思わず「おお！」と声をあげた。「カクちゃん、その輪っか」

「はい、照明器具として使えるようです」

郭嘉の固有スキル、発見。

「この郭奉孝が身に帯びているものなのですから、無用の長物のはずはなし。必ず使い道があると思い至りまして」

だったら、もっと早く至ってくれ。

「すご～い。スイッチはどこ？」

郭嘉が左の耳たぶを引っ張った。すると光量が少し弱まった。もう一度引っ張ると豆電球ぐらいのほのかな灯りになり、その状態でまた引っ張ると、輪っかの光が消えた。

「右の耳たぶを引っ張ると、点灯です」

輪っかがパッと点いた。

「右の耳たぶでは、光量を上げることができます。アップもダウンも、三段階に調節可能ですね」

「光の色合いは変えられるのかな？」

郭嘉は鼻の頭を押した。輪っかが放つ光が、黄色っぽい暖色から蛍光灯の光に変わった。

「もちろん、省電力のＬＥＤです」

何を根拠にそんなことまで請け合えるのか怪しいが、ピピの顔が明るくなったのでよしとしましょう。

「今は光量最大にしてね」

「かしこまりました」

丸い光に照らされて、ピノもほっとした。おや、頭上のぶっちがいの三日月は雲の向こうに隠れてゆく。郭嘉の輪っかの光に負けて、こそこそ逃げ出すようだった。

「ずいぶん気分が違うわ。ありがとう、カクちゃん」

「どういたしまして」

輪っかの光の笠《かさ》に守られて歩いていると、みんな気分が落ち着いてきた。そのおかげだろう、何となく泳いでいた眼差《まなざ》しもしっかり据わってきて、先頭を進むピノは、光の輪の端っこに意外なものを発見した。

「ストップ！」

今、ちらっと見えたものは確か——

「カクちゃん、二時の方向へ顔を向けて、一歩前へ」

「了解いたしました」

「もう一歩前へ」

「ピノ、どうしたの？」

「そこでストップ！」

ほらほらほらと、ピノは指さした。

「あれ、鳥居だ！　オレたちがくぐってきた鳥居だよ」

ピノの言うとおりだった。木立の向こう、輪っかの放つ光のリングの端っこに、あの傾いた鳥居の片方の脚が照らし出されている。

「ってことは、出口――」

残念ながら、そうではない。だってここらの森は枯れていないのだ。正常な、背景的な森に変わっている。

「鳥居のところまで、こっち側に呑《の》み込まれちゃったのか」

かえってがっかりだ。

「で、でも馬がいるかも」

ピピは気を取り直して、てきぱき言った。

「せっかく戻ってこれたんだもの、あの子を一人で置いとくわけにはいかないよ。探して連れてこうよ」

牧場育ちのピピには、馬は人間と同じくらい親しい存在なのです。

がさがさと捜索開始。

「よく慣れている馬なのですね？　名前を呼んだら応じるでしょうか」

「そういえば、あの馬の名前って何だっけ」

ほかのことにいろいろ忙しくて、作者は命名していませんでした。

「ポッカちゃん」

それで決まり。

「ポッカちゃん、あたしよ！　置いてきぼりにしちゃってごめんね。どこにいるの？」

「ピピ姉《ねえ》、繋《つな》いだ場所を覚えてねえの？」

「昼間と夜じゃ感じが違うんだもん」

がさがさ、わさわさ。

「鳥居からそんなに遠く離れてるわけねえよなあ」

郭嘉の輪っかの光を頼りに、声をあげて呼びながら探し回ると、やがて右手の方から
ぶるんぶるんと鼻息が聞こえてきた。

「あっちにいる！」

喜び勇んで駆け出すピピに、ピノと郭嘉も続いた。

「走っちゃ危ないよ、ピピ姉！」

「輪の光の外に出てはいけません」

ぶるんぶるん、ぱかぱか。ピピの声を聞いて喜ぶポッカちゃんが、鼻息を吐き脚を踏みならしている。その姿が、葉の繁《しげ》った木立の隙間《すきま》に見えてきた——

「よかった！　ポッカちゃん」

ガタイは確かにポッカレイ種だけれど、三角錐《さんかくすい》頭の馬だった。

「ぎゃあああああああ〜！」

輪っかの光にくっきり浮かび上がるもんだから、不気味さが増している。しかもポッカちゃん、置き去りにされている間に、どうにかして繋がれた手綱《たづな》をほどいちゃったらしくて、逃げる三人を追いかけてくる。

「やめてやめて追っかけてこないでぇ〜」

「カクちゃん、輪っか消灯！」

真っ暗。ピノはピピの腕をひっつかんだ。

「こっちだ！」

傍《かたわ》らの藪《やぶ》のなかへとダイビング。郭嘉も続いてその後ろへ隠れる。目標を見失ったポッカちゃんは、いななきながらぱかぱかと通り過ぎていく。

「もう大丈夫？」

そうっと頭を持ち上げてみると、ポッカちゃんの姿は消えていた。

「可哀相《かわいそう》なことしちゃった」

ピピはぼろぼろ泣き出した。

「あたしたちがあんなとこに一人で放っておいたから、ポッカちゃん、ここの場のへんてこな力に取《と》り憑《つ》かれて、怪物に変身させられちゃったんだ」

警察署のカウンターの後ろに隠れたときと同様、器用に地面に寝そべって浮遊していた郭嘉が、ふわりと起き上がって輪っかを点灯した。その表情が訝《いぶか》しげだ。

「しかし、あのいななき……。悲しそうに聞こえたのは私だけでしょうか」

言われてみればそんな気がする。

「今まで出くわした人間型の三角錐頭軍団は、誰も声を出さなかったよね？」

「ピピさんのおっしゃるように、仮にポッカちゃんがこの場の悪《あ》しきものに取り憑かれていたのだとしても、まだ怪物化の途中の段階だったというか、完全に変身しきっていなかったのかもしれませんね」

無線機も反応しなかった。

「だったら、なおさら助けてあげなきゃいけなかったよう」

ピピはさらにぼろぼろ泣く。二軍三国志の場から外に出ると実体を失ってしまう郭嘉は、ピピの頭を撫《な》でることも、肩を抱くこともできないから、黙って見守りながら耳たぶを引っ張り、輪っかの光量をチェンジすることで慰めの気持ちを表すという迂遠《うえん》なことをやっている。

一方、ピノはほかのものに気をとられていた。耳たぶを引っ張りながら、やっと郭嘉がそれに気づいた。

「ピノさん、どうしました」

「光量最大にしてストップ」

ピノは背後のそれを指さした。なだらかな斜面の先、五メートルほど離れたところ。

「あれ、何だ？」

実体のない郭嘉ですが、喉《のど》がごくりと鳴りました。

「掘っ立て小屋ですね」

そのとおり。あの鳥居と同じように傾いている。傷み具合もいい勝負だ。トタン葺《ぶ》きの屋根は半分方剝《は》がれて落ち、窓ガラスが割れたところを、内側からぞんざいに板きれを打ちつけて塞《ふさ》いである。古びて反《そ》っちゃってる出入口のドアは、蝶番《ちょうつがい》のところでかろうじてぶらさがっているだけだ。

「でたらめに逃げてきて、ここにたどり着くなんてさ」

お誂《あつら》え向きすぎやしませんか。

「ホラーゲームとはそういうものでは？」

「だったら、あそこにはアイテムとかタイプライターとかあるかもしれないよな」

そろそろセーブポイントがあってもよさそうな頃合いではある。

「よし、オレ行ってくる」

ピノが藪から身を起こしたとき、掘っ立て小屋の扉が、きいっと軋《きし》んだ。あんな状態の扉だから、風のせいかもしれない――

その扉の陰から、白いものが覗《のぞ》いた。

「わ！」

ピノピたちの声ではない。その白いものが声をあげたのだ。その声に、泣いていたピピも顔を上げた。郭嘉は浮遊状態で、ピノは片足を上げて一歩踏み出そうとした恰好《かっこう》のまんまで固まっている。

「あなたたち、捜索隊のヒト？」

おっかなびっくり、白いもの――白い顔が呼びかけてきた。三角錐頭じゃない、まともな人間だ。そして、

「おお、これはこれは」

郭嘉はみるみる満面の笑み。

「何とお美しい方でしょう！」

妙齢の女性でありました。

「無事でよかったです」

「よくまあ、一人で頑張れましたね」

感嘆するピノピ。うっとりする郭嘉。

「ありがとう」

掘っ立て小屋に潜んでいたのは、かの〈国際日報〉のカメラマンさんだった。消息を絶ってから既に十日近い。その割にこざっぱりしているのは、

「ときどきこの下にある集落に降りていって、水と食べ物を調達して、ついでにぱぱっとシャワーを浴びたり着替えを借りたり」

ずっとフリーで仕事をして、様々な種類の取材に同行し、国じゅうを旅してきたから、

「サバイバルしなくちゃならない局面は、これが初めてじゃないの」

彼女の名前はタバサ・サンという。〈タバサさん〉ではなく、フルネームがタバサ・サンなのだ。サンという姓はウィゴット村に多いというから驚いた。

「あたし、あの村の出なんだ。そもそも、ワシュウのおじいさんの一件を取材しないかって編集部に持ちかけたのは、あたしだから」

タバサは小柄だけど筋肉質で、鍛えている感じだ。カメラマンは力仕事でもあるからね。

「雑誌の取材で心霊スポットに行ったこともあるけど、ここみたいな本物は初めて」

タバサの備蓄と、ピノピが〈湯けむりの郷〉でリュックに詰めてきた菓子パンやペッ

トボトルの水で、ひと息入れて食事タイム。補給の必要がない郭嘉は、うっとりすることに専念しつつ、照明役を務めている。

「何か本格的にヤバいよね、ここ」

甘食《あましょく》をばくばく食べながら、ケロリとおっしゃるタバサ・サン。

「わたしたち、〈国際日報〉の女性記者に同行していたのは男性カメラマンだって聞いてたんですけど」

魯粛は「彼」と言っていた。

「あら嫌だ。情報が混乱してるのね。ていうか、マリッちは大丈夫？　ちゃんと正気を保ってるかしら」

女性記者の名前が〈マリ〉で、〈マリッち〉は通称です。

「オレらの聞いた話によると、ここでの出来事を思い出そうとすると、パニクっちゃって大変な様子だったそうです」

「あのコ、駆け出しだからねえ。まだ素人さんに毛がはえたようなもんで」

「――私はプロフェッショナルな女性が好みです」

無意味に耳を引っ張って輪っかの光量を上げ下げしながら、郭嘉が呟く。

「カクちゃん、涎《よだれ》を垂らさないでね」

「落ち着かないから光量を変えるな」

「かしこまりました——ああ、お美しい」

がらくたでいっぱいの掘っ立て小屋のなかには、タバサの荷物（寝袋もある）と撮影機材がちゃんと保管されていた。

「ビデオはバッテリーがあがっちゃって使えないけど、スチールカメラはまだ撮《と》れる。フィルムはもう残り少ないけど」

見るからにプロっぽい一眼レフカメラは、タバサの首から、革のストラップでぶらさがっている。

「でも、あの怪物、カメラを向けると逃げてっちゃうのよね」

「ってことは、撮ろうとしたんですか」

「うん。珍しい被写体じゃない？」

このおネエさん、マジで剛胆だ。以下、タバサ姐《ねえ》さんと呼ぼう。

「どっちの怪物ですか。心霊タイプと三角錐頭と、二種類いるでしょ」

タバサはきれいな二重瞼《ふたえまぶた》の目をまん丸にした。「心霊タイプって？」

これは説明が必要だ。ピノピはタバサに事情を語り、じっくり情報交換をした。

タバサは、三角錐頭軍団としか遭遇していないという。

「〈湯けむりの郷〉は探索してなかったからねえ」

行ってみればよかったと、カメラをいじくりながら言う。ピノピはふるふると首を横に振った。

「あんなもん、見ない方がいいです」

「その霊体軍団、カメラに写るかしら。写ったら、本物の心霊写真になるよね」

あははと笑い、タバサ姐さんは餡《あん》ドーナツを召し上がる。指についた砂糖を払い落としながら、しみじみとピノピの顔を眺め回して、

「あなたたちは本物の長靴の戦士なのね」

いいなぁ羨《うらや》ましい、と言った。ピノピが初めてもらったリアクションだ。

「あたし、十二歳の誕生日に夢破れるまでは、自分こそが伝説の長靴の戦士だと思ってたのよ。いつかその時がきたら、魔法の長靴を履いて、相棒と一緒にこの世界をまたにかけて冒険するんだって」

小さいころから元気印の女の子だったようである。

「わたしたちのことも、伝説のことも、こんなにまともに受け取ってくれるヒト、初めてです」

このエピソードではよろずに気が弱っているピピ、今度は感涙でうるうるしている。

「またにかけても、所詮《しょせん》はボッコニアンですよ」と、ピノはついふてくされてしまう。

「伝説の一部が、そんな元気ないこと言うんじゃないわよ」

タバサ姐さんに、景気よく背中を一発どやされました。

「ボツだからこそ面白いんじゃない。よりよい世界に創《つく》り変えるやりがいがあるもん。ね、ずっと同行取材させてもらえない？」

それより何より、まずここを脱出しないと。

「そうねえ。だけど、今んところ何にも手がかりがないのよ。あたしもずいぶん歩き回ってみたんだけど」

「ワシュウさんやマリッちさんは脱出してますよね」

「ワシュウさんは山歩きに慣れてるし、マリッちはパニクって逃げてるうちに、たまたま正しい出口に行き当たったんじゃない？　あのコってそうなの。運だけはいいから」

ところでピノ君――と、ピノがベルトに差している羽扇《うせん》を指さして、

「その大きな扇、なぁに？」

一応は武器なんですと、ピノが入手経緯と使い方を説明すると、大ウケした。

「カッコいいじゃない！　それ使ったら、あたしもビーム撃てるかしら」

「さあ……姐さん、SP《スキルポイント》持ってます？」

「どうなんだろ。そこ、あたしが単なるNPC《ノン・プレイヤー・キャラクター》なのか、ゲストなのかの分かれ目よね。自分じゃわかんないわ。どうにかしてあたしたちのステータス画面を表示できない？」

ステータス画面か。そんなの、ピノピは考えてみたこともなかったけど、あっても不

思議はない。

「トリセツならできるかも」

呼んでみるか。「トリセツぅ！」

返事なし。ピノは、イヤー・カフをむしり取って捨ててしまいたい衝動をかろうじて抑えた。「ったくもう、役立たずめが」

ピノの怒りの波動のせいか、掘っ立て小屋がみしりみしりと鳴る。ピピが思い出したようにぶるりと身震いをひとつ。タバサ姐さんも、聞き耳を立てるような仕草で、ちょっと周囲を警戒した。

「大丈夫、風よ」

ピピを慰めておいて、タバサ姐さんは次の質問。

「ねえ、公平に考えてもあたし以上にNPCなのかゲストなのかわからない着物姿のあの彼は、何やってるの？」

郭嘉、いつの間にか小屋の出入口のところに立って、不可解な動作をしている。

「カクちゃん、踊ってる」

いや、ピノの目には、戦隊もののヒーロー役に抜擢《ばってき》された駆け出しの役者が、変身ポーズをビシッと決めようと、ああでもないこうでもないと練習しているように見える。なおかつ、郭嘉のやってることだから怪しいし胡散臭《うさんくさ》い。

「郭奉孝よ、何をしておる？」

ピノ、裴松之先生の声色《こわいろ》で問いかけてみました。郭嘉は依然、不可思議な踊りのような動きを続けつつ、

「しばしご猶予を。もうひとつ思いついたことがあるのです」

大真面目《おおまじめ》である。

「あの彼、どうして浮いてるの？」

「あれも霊体なんです。あ、害はないですから」

「写真に写るかどうか試してみようか」

掘っ立て小屋の外に出ると、タバサ姐さんは撮影準備にかかった。ストロボをセット、ライトを設置、光量をチェック、さらに荷物のなかから銀色の金魚すくいの輪みたいなもの（ただし取っ手はナシ）を取り出して、ピノに渡す。

「これ、広げて持ってて」

携帯用のレフ板。広げると、差し渡し一メートルぐらいの銀色のシートを貼《は》った輪っかになる。

「持ってどうするんですか」

「光を反射させて被写体を照らすのよ」

こんなときにこんな場所で本格的な撮影をするつもりの姐さん、プロです。

「ピピちゃん、ここに表示されてる数字を読んで、あたしに教えて」

「は、はい」

三人があたふたしていると、突然、郭嘉が万歳をして歓声をあげた。

「体得しました！」

「今度は何だよ」

カクちゃん、くるりとこちらを振り向くと、お得意の慇懃《いんぎん》無礼《ぶれい》な一礼をした。

「お待たせいたしました、美しき映像作家よ」

「あたしはただのカメラマンなんだけど」

「この郭奉孝、貴女様《あなたさま》のお役に立つため、身命を捧《ささ》げて新技を繰り出しましょうぞ」

ピノはピピを突《つ》いた。「オレらのことは眼中になくなったらしいぞ」

「カクちゃんのビョーキだからね」

「どうでもいいけど、写真を撮るから動かないでくれる？」

郭嘉は聞いちゃいない。姿勢を正すと、

「は！」

気合い一発かけ声をかけて身を翻《ひるがえ》し、

「郭奉孝新技その第一、申請《リクエスト》！ ポジション・サーチライト！」

すると頭上の輪っかが、合成音声でこう答えた。「リクエスト承認。ポジション・サーチライト」

あの輪っか、コンピュータ制御されてたんですか。

「うっそぉ」

驚いて見守る三人の前で、郭嘉はあの変身ポーズをひとくさり。と、輪っかがくるくる回転し、停止したときには向きが変わっていた。郭嘉の頭のてっぺんに水平に浮かんでいたものが、今はほぼ垂直になっている。

「え？」

そして輪っかの真ん中の空間から、眩《まばゆ》く白い光の帯がさっと迸《ほとばし》った。

「ホントにサーチライトだ！」

両手を広げてふわふわ浮きながら、郭嘉が頭の向きを変えると、サーチライトの向きも変わる。

「照射角度も自由に変えられます。美しきタバサ殿、どうぞお好きなように」

タバサ姐さんが肩をすくめたので、代わりにピピがリクエストした。「とりあえず今の角度で、周囲三六〇度を照らしてみて」

「アイアイサー！」

森の木立を突き抜けて、サーチライトの光の帯が走る。これまでの光とは強さが段違いで、はるか彼方《かなた》の山の稜線《りょうせん》まで浮かび上がる。

「心強いような、目立っちゃって逆に困るような」

「カクちゃん、眩《まぶ》しいからこっち向かないでいいよ」

「ていうか、いったん消してもとのライトに戻してくれよ」

「リクエスト承認。ダウンライトモード」

輪っかが応じて、もとの照明状態に戻った。

「なかなかでしょう？」

郭嘉は得意満面。彼を取り囲んで、ピノピとタバサ姐さんは腕組みである。

「ま、使えないことはないかな」

「ほかのものにはならないの？」

「なれますよ、美しきタバサ殿」

また変身ポーズをするカクちゃん。いちいち手間だなあ。

「リクエスト、ミラーボール！」

「リクエスト承認。ミラーボール」

輪っかがミラーボールに変わった。

「わ〜、安っぽい。カラオケボックスの設備みたい」

どこのボックスかしら。

「面白いけど、役には立たないね」

ピピがしょぼい拍手をして、真っ暗な森のなかを見回した。

「ねえ、まだ夜が明けないのかなあ」

ピノもまわりをぐるりと見やる。長い夜だよ、本当に。

「もうちょっとかかりそうだな。星があんなにいっぱい見えてる――」

そして気づいた。確かに星がいっぱいだ。森のなかでちらちらまたたいている。

森のなかで。

タバサ姐さんも眉《まゆ》をひそめた。「ずいぶん低いところに出てる星だよね」

ちらちら、ゆらゆらとまたたく光。

ピピが再び、寒天みたいな顔色になった。

「あれ、星明かりじゃないよ」

松明《たいまつ》の群れだ。この掘っ立て小屋を取り囲み、だんだんと輪を狭めて近づいてくる。

ごくり。今度はピノの喉が鳴る。

「オレら、山狩りされてる」

あの三角錐頭軍団だ。あいつらが手に手に松明を持って迫ってくる。一般市民も制服巡査も学生も、今度は一緒くただ。

「む、無線には何も聞こえてなかったのに」

霊体のカクちゃんまで青ざめます。

大きく息を吸い込み、ピピが「きゃあああ」と叫ぼうとしたその瞬間、タバサ姐さんがその口を手で塞いだ。

「待って！　ダメよ、そんな弱気じゃ」

「だけど、ど、どうしよう？」

「そうです、どうしたらいいのですか、美しきタバサ殿」

「霊体の彼まで慌ててどうすンの！　伝説の長靴の戦士君たちもしっかりしなさい」

どうするのかって、決まってるじゃないか。

「戦うのよ！　君はビームが撃てるんでしょ？　あなたは魔法が使えるんでしょ？」

ピノとピピの肩をつかんで揺さぶって、

「あなたは――照明をお願い」

郭嘉にはそう言った。

「あたしも戦うから」

タバサ姐さんは小屋に飛び込み、荷物をがさがさ漁《あさ》ったかと思うと、三連折り畳み式の脚立を手にして戻ってきた。

「さあ、お目にかけるわよ。タバサさんの脚立ヌンチャク拳法《けんぽう》。これでもあたし、ドラゴンの魂を持つ女なんだから」

しゅぱしゅぱしゅぱしゅぱ！　おお、鮮やかなヌンチャク、じゃなくて折り畳み脚立さばきだ。

「う、うん、わかった！」

ピノにもやっと活が入った。

「姐さんの言うとおりだ。オレら、だらしなかった。怪物相手なら、今までだって戦ってきたじゃねえか」

「でも、あれって首から下は人間だよ」

「首から上は怪物なんだから、ボコってよし！」

「あまりにも多勢に無勢です」

「オレらも強くなってンだから、問題なし！」

羽扇を構えて、ピノは軍師ビームの予備動作開始。郭嘉のことは言えません。この予備動作も充分に怪しいし、胡散臭い。なにしろ師匠があの人ですからねえ。

「東南の風よ～」

違う違う。ここはもう赤壁じゃないんだってば。

「もとい、雷神の力よ～」

ビームって、そうやって撃つのか。単に気分を出してるだけか。

「みんな、ちょっと下がってて」

うおりゃ～！　って、かけ声は必要ないと思いますが。

羽扇の先端から飛び出した眩いビームが、掘っ立て小屋に迫り来る三角錐頭軍団をなぎ倒す。火花が飛び散り、立木が次々とへし折れる。

「ぎゃ！　熱い！」

「何だ何だ何だこれは！」

「勘弁してくれ～」

「抵抗すると逮捕するぞコラ！」

あれ？　三角錐頭軍団から反応が。

「あいつら、しゃべってるぞ」

そう言いながら、ピノはまた一発。今度は軍団の頭上を横様《よこざま》になぎ払う。松明ではない火が燃えあがる。

「署長、燃えてます！」

「アタマが焦げる〜」

「大変だ、みんな脱げ、脱いで踏み消せ！」

ピノピとタバサ姐さんはその場で身構え、郭嘉は浮遊しつつ、大混乱の三角錐頭軍団を見守っていると、

「ぐ、ぐ、ぐぐぐぐ」

軍団の先頭にいた、首から下は背広姿の三角錐頭が、三角錐頭ではなくなった。ゲホゲホ咳《せ》き込んで、胸を喘がせて呼吸している。

「ああ、ぐるしがったぁ！」

見れば、ほかの三角錐頭たちも、どんどん三角錐頭じゃなくなってゆく。

「あれって――まさか」

唖然《あぜん》として、ピピは指さす。

「頭巾《ずきん》だったの？」

「君たち、ひどいではないか」

先頭の背広姿のおっさんが、やっと息をついて声をかけてきた。そのすぐ後ろから消防服姿のおっさんが進み出て、

「私らはただ、話しかけようとしているだけなのに」

「近づくとすぐ逃げ出してしまうから、追いかけるのが大変だったんだ」

恨めしそうに言うのは肩章付きの制服を着たおっさんだ。警察署長だろう。

「――みんな、フツーの人間じゃんか」

だったら、こっちにだって言い分があるぞ。ピノピ、タバサ、郭嘉、三人＋霊体一体、声を振り絞って叫び返した。

「おまえら、何でそんなもんかぶってンだよ！」

その理由《わけ》は、第四巻にて。

本書は、二〇一三年八月、集英社より刊行されました。

初出
「小説すばる」二〇一二年八月号〜二〇一三年六月号

JASRAC 出 一六〇七〇八一―六〇一

宮部みゆきの本

ここはボツコニアン1

〝ボツ〟になったゲームネタが集まってできた、できそこないの世界〈ボツコニアン〉。ダメダメな世界をよりよい世界に変えるため双子のピノとピピが大冒険に出る！　シリーズ第一弾！

ここはボツコニアン2

魔王がいた街

ピノとピピが辿り着いたのは、水の街〈アクアテク〉。そこはかつて魔王がいたという伝説が残る街。〈ボツコニアン〉の秘密が少しずつ明らかになっていく超話題シリーズ第二弾！

集英社文庫

集英社文庫

ここはボツコニアン　3　二軍三国志《にぐんさんごくし》

2016年7月25日　第1刷　　定価はカバーに表示してあります。

著　者　宮部《みやべ》みゆき

発行者　村田登志江

発行所　株式会社　集英社
東京都千代田区一ツ橋2-5-10　〒101-8050
電話　【編集部】03-3230-6095
【読者係】03-3230-6080
【販売部】03-3230-6393（書店専用）

印　刷　凸版印刷株式会社

製　本　凸版印刷株式会社

フォーマットデザイン　アリヤマデザインストア　　マークデザイン　居山浩二

ISBN978-4-08-745467-3 C0193